황대권의 신앙 편지

바우 올림

지은이 | 황대권

출판감독 | 나무선
편집팀장 | 고유진
교정지원 | 임정연
디자인 | 나인플럭스
마케팅 | 양승우, 정복순, 최동민
업무관리 | 최희은

초판 1쇄 찍음 | 2007년 9월 12일
초판 1쇄 펴냄 | 2007년 9월 20일

임프린트 | 시골생활
펴낸곳 | 도서출판 도솔
펴낸이 | 최정환
주소 | 121-841 서울시 마포구 서교동 460-8
전화 | 02-335-5755   팩스 | 02-335-6069
홈페이지 | www.sigollife.com
E-mail | editor@sigollife.com
등록번호 | 제1-867호   등록일자 | 1989년 1월 17일

저작권자 ⓒ 황대권, 2007
ISBN 978-89-7220-720-7 03810

바우
올림

만신창이가 된 한 젊은 영혼이
신앙의 멘토를 만나다

이 책은 신앙 에세이를 써 달라는 월간 〈생활성서〉의 부탁을 받고 글을 쓰다가 뜻하지 않게 발간하게 되었다. 교도소 시절의 신앙생활을 정리해야 했는데 출소한 지 어언 10년이 다 되어 가니 기억이 가물가물하였다. 그러나 걱정할 것이 없었다. 내겐 일기보다 더 자세히 써 내려간 편지들이 있었다. 편지 쓰기로 세월을 보냈던 그 시절의 편지 묶음들을 꺼내어 신앙에 관련된 것을 추리다 보니 한 자매님과 지속적으로 주고받았던 편지 뭉치가 나왔다. 첫 편지가 나간 날짜를 보니 정확히 10년 동안 지속되었다. 14년의 수감 기간 동안 가족 외의 사람으로서는 가장 오랫동안 규칙적으로 서신 교류를 한 분이다.

자매님의 가톨릭 이름은 '디냐'였다. 이 편지들을 세상에 공개하면 지극히 평범하게 사시는 자매님의 삶에 어떤 귀찮은 일이 생기지는 않을까? 아니 설익은 신자가 함부로 써 내려간 편지글이 자매님께 누가 되지는 않을까? 망설이고 망설이다가 용기를 내어 자매님께 전화를 드렸다. "형제님, 저는 이미 과거를 다 정리하고 새로운 삶을 사는 사람입니다. 형제님을 알게 된 것이 제게 큰 위안이었는데 만약 그 편지가 공개되면 다른 사람들도 위안을 받지 않을까요?" 하시면서 내가 하고 싶은 대로 하라고 격려해 주신다. 자매님께서는 중년 이후 암 투병을 하시면서 하느님의 사랑하심을 더욱 절절히 느끼게 되었다며 자신에게 일어난 모든 일과 인연들에 대해 감사할 뿐이란다.

이 서간집의 수신자인 디냐 자매님은 수감 기간 내내 바우 황대권의 '신앙의 거울'이었다. 요새 유행하는 말로 '멘토'(mentor)와 같은 존재였다. 청천 하늘에 날벼락 같은 투옥과 60일에 걸친 고문 수사로 인해 만신창이가 된 한 젊은 영혼이 지푸라기 잡듯 시작한 신앙생활을 옆에서 지켜보며 다독거려 준 그야말로 은인과 같은 분이었다. 나는 군사정권이 조작한 간첩 사건에 연루되어 무기형을 언도받고 투옥된 이후 바로 가톨릭에 입문하였다. 당시에 가톨릭은 내게 있어 새로운 정체성을 만들어 나가는 삶과 죽음의 문제였기에 운명처럼 마주친 자매님께 거의 신앙고백 하듯 편지를 써 내려갔다. 따라서 디냐 자매님이 없었다면 바우 황대권의 신앙생활도 없었다고 해도 지나친 말은 아니다.

나는 투옥된 그해 말에 대전교도소에서 가톨릭 영세를 받고 신자가 된 이후 이듬해에 안동교도소로 이감을 간다. 안동은 이 서간집의 주인공인 디냐 자매님을 만난 곳으로 나의 신앙생활이 활짝 꽃을 피운 장소이다. 가톨릭 신심 단체인 '레지오 마리애' 활동을 했고, 성바오로 수도회에서 주관하는 〈통신성서〉 강좌를 6년에 걸쳐 이수했으며 약 1년 반 동안 안동교

도소 가톨릭 회장으로도 봉사했다. 공안수인 관계로 수감 기간 내내 독방 살이를 해야 했지만 공소를 관리하는 가톨릭 회장 시절에는 일반 재소자와 함께 종교방 생활을 했다. 참고로 이 책에는 일반에게 낯선 가톨릭 용어들이 많이 나오는 관계로 그에 관해 일일이 주를 달았다. 그리고 교도소 내부 사정을 잘 알지 못하면 글의 맥락을 이해할 수 없으므로 아래에 약간의 배경 설명을 덧붙인다.

먼저 보안법 위반으로 들어온 공안수들은 일반 재소자와 격리되어 독방 생활을 하도록 되어 있다. 따라서 재소자라면 누구나 의무적으로 나가게 되어 있는 공장 출역도 금지된다. 다만 본인이 원하는 경우 심사를 거쳐 특별히 공장 출역을 허용하기도 한다. 교도소에서는 재소자의 교정 교화를 위해 종교 활동을 격려하는데 대표적으로 불교와 가톨릭, 개신교 등 3개 종파에 한하여 일주일에 하루씩 외부에서 들어오는 성직자를 모시고 하는 집회를 허용한다. 이때 해당 종파의 교화 위원들로 구성된 일반 신자들이 함께 들어와 참관을 한 뒤 가져온 떡이나 선물 따위를 나누어 준다. 디냐 자매님은 이런 과정에서 자연스럽게 알게 된 분이다. 교도소마다 사정이 조금씩 다르지만 큰 교도소에서는 신앙생활을 조금이나마 더 활성화시키기 위해 종교방이라는 것을 운영한다. 3개 종파 신자들을 위해 따로 사동을 마련하여 낮에는 공장에 나가 다른 재소자들과 함께 일하고 저녁에는 자기 종파의 방에 들어와 신앙생활을 한다. 독방 생활을 하는 공안수의 경우 일주일에 한 번 있는 종교 집회와 비디오 관람, 그리고 하루에 한 시간씩 주어지는 운동 시간 외에는 고스란히 한 평짜리 자기 방에서 시간을 보내야 한다.

이 서간집은 지극히 사적이고 내용도 특정 종교에 국한되어 있지만 나름대로 보편성을 가지고 있다고 생각되어 세상에 내놓는다. 역경에 처한 한 인간이 신앙을 매개로 어떻게 두 발로 다시 서게 되는지, 과연 신앙의 본질은 무엇이며 신앙생활을 통해 우리가 얻고자 하는 것은 무엇인지에 대한 치열한 고민이 담겨 있다. 성서의 해석이나 영혼의 문제 등은 워낙에 여러 가지 의견들이 있으므로 이 편지에 적혀 있는 나의 의견만이 옳다고 주장하진 않겠다. 그리고 시간이 많이 흐른 지금은 그때의 생각이 달라진 부분도 있다. 독자들께서는 다만 황대권이라는 사람이 진리를 알아 가는 도중에 그런 식으로 공부하고 또 이해했구나 하는 정도로 알아주셨으면 한다. 끝으로 감옥에서 저와 대부-대자의 연을 맺었던 형제님들이 혹시 이 책을 보게 되면 부디 연락을 주시기 바란다.

2007년 8월 영동 금강변에서 바우 황대권

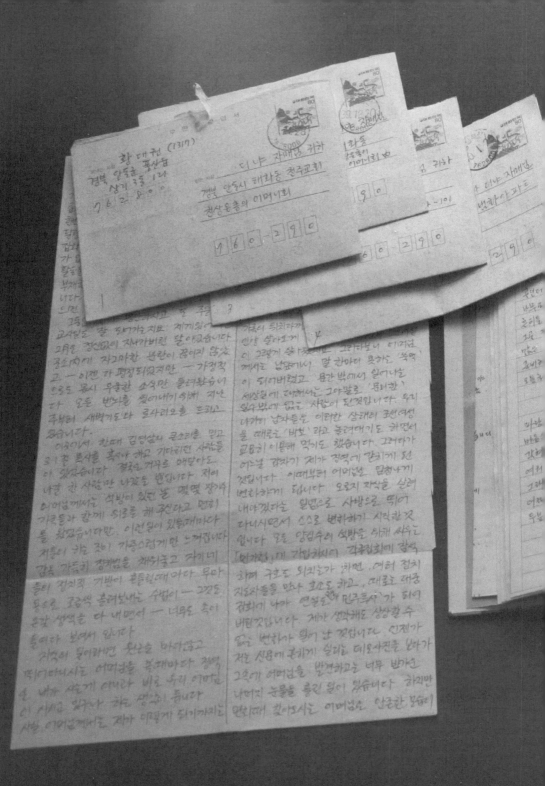

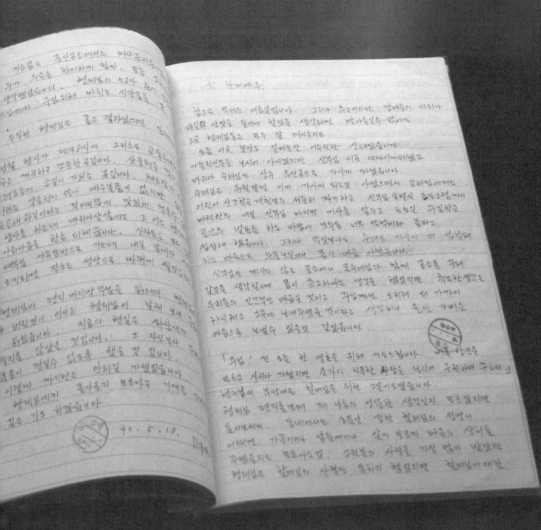

옛 편지들을 꺼내어 이것저것 읽으면서 그동안 자매님으로부터 참으로 많은 은혜를 입었구나 하는 생각이 들었습니다. 그냥 봉투 안에 넣어 깊숙이 처박아 두기보다는 한데 묶어 곁에 놔두고 심심할 때 한 번씩 들춰 보면 새로운 힘이 날 것 같았습니다. 그래서 알맹이만 다 빼어 풀질해서 묶고 장정을 하니 예쁜 책자가 하나 만들어졌습니다.   —본문 중에서

감옥에서 디나 자매님과 십여 년 주고받은 서신

비누로 만든 십자가 부조와 수의(囚衣)로 만든 묵주집

평화를 구하는 기도

주여
나를 당신의 도구로 써주소서
미움이 있는 곳에 사랑을
다툼이 있는 곳에 용서를
분열이 있는 곳에 일치를
의혹이 있는 곳에 신앙을
그릇됨이 있는 곳에 진리를
질망이 있는 곳에 희망을
어두움에 빛을
슬픔이 있는 곳에 기쁨을
가져오는 자 되게 하소서

위로받기보다는 위로하고
이해받기보다는 이해하며
사랑받기보다는
사랑하게 하여주소서

우리는 줌으로써 받고
용서함으로써 용서받으며
자기를 버리고 죽음으로써
영생을 얻기 때문입니다

일천구백 구십년 십월달 안동복에서
성프란치스꼬의 기도를 쓴다
    황 대철 베드로

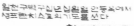

교정작품 전시회에 출품한 서예 작품

차례

신앙의 멘토를 만나다

대철 베드로입니다.
그냥 바우라고 부르기도 하지요.
사실 제가 편지를 쓰는것은 자매님의 깊은 신앙심에
이끌렸기 때문입니다.
무엇보다도 자매님의 인자하면서도 초롱초롱한 눈매가
신앙에 대해 서슴없이 여쭈어 보고픈 느낌을 갖게 합니다.

징벌방 피정

귀중한 경험을 하였습니다.
방안에 갇힌 채로 아무것도 없이 맨 몸뚱이로
하루 종일 앉아 있으니 인간의 본능이 꾸역꾸역 기어 나옵니다.
마구 먹고 싶고, 삿된 생각들이 시도 때도 없이 떠오르고,
잊어야 할 사람이 눈앞에 아른거리고,
그리고 무엇보다도 세상의 누구 하나
제게 관심을 가져 주지 않는다는 소외감에 떨었습니다.

사랑은 몸으로

병태 형제가 종교방을 떠나고 나서 많은 생각을 했습니다.
아무리 노력해도 저는 그의 정신세계에
접근조차 할 수 없었습니다.
스스로 의도하지도 않았고 때로는 경계했건만 학력이 만든 벽과
사회적 위상의 차이를 저는 그다지 훌륭하게 극복하지 못한 것 같습니다.
참으로 예수님 닮기란 얼마나 어려운지요!

왕바랭이 함정

어렸을 때 '뚝방길'이나 논두렁을 걷다가
곧잘 누군가가 장난질한 풀매듭에 발이 걸려
넘어진 일이 생각납니다.
이렇게 넘어지고 나면 저도 분풀이로 그 언저리에
몇 개의 풀매듭을 더 만들어 놓고는 자리를 떴지요.
이때부터 이미 성질이 고약했나 봅니다.
이 매듭에 사용한 풀이 바로 왕바랭이였습니다.

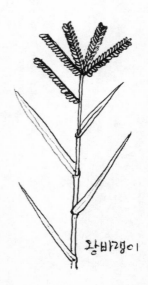

왕바랭이

생활 속의 혁명가

디냐 자매님,
다시 건강해지기 위해서는 생활 속의 혁명가가 되어야 합니다.
투사가 되어야 합니다.
온갖 잘못된 식생활과의 투쟁,
온갖 타성에 빠진 습관과 몸놀림에 대한 투쟁 등.
이 싸움은 결코 자매님 혼자만의 싸움이 아닙니다.
작게는 자매님과 그 주변, 크게는 우리 모두의 싸움입니다.

신앙의 멘토를 만나다

대철 베드로입니다.

그냥 바우라고 부르기도 하지요

사실 제가 편지를 쓰는것은 자매님의 깊은 신앙심에 이끌렸기 때문입니다.

무엇보다도 자매님의 인자하면서도 초롱초롱한 눈매가

신앙에 대해 서슴없이 여쭈어 보고픈 느낌을 갖게 합니다.

1989년에서 1990년 디냐 자매님에게 보낸 편지

바우 올림

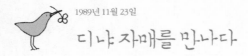

1989년 11월 23일

디냐 자매를 만나다

점점 추워지는 날씨에 어떻게 지내시는지요. 대철 베드로입니다. 그냥 바우라고 부르기도 하지요. 진즉에 서신을 한번 올리고자 하였습니다만 이제야 기회를 갖게 되었습니다. 자매님을 뵌 지 상당히 오래되어 혹시 무슨 일이라도 있는지 걱정이 됩니다. 집안일에 쫓기다 보면 봉사활동도 마음먹은 대로 하기 어려울 줄 압니다만, 갇혀 있는 저희로서는 자매님들의 따뜻한 손길이 늘 그립습니다.

사실 제가 편지를 쓰는 것은 자매님의 깊은 신앙심에 이끌렸기 때문입니다. 그러니까 한 1년 전쯤입니다. 교리 교육 시간(가톨릭 입문자를 위해 일주일에 한 번 외부에서 강사(주로 수녀님)가 들어와 교리를 가르침)에 진리의 판단 기준에 대해 질문하였지요. 시간이 끝나고 제가 교무과 난롯가에서 서성거리고 있을 때 자매님께서 제 질문에 대해 차분히 설명해 주시던 일이 인상에 남았습니다. 그것이 아마 자매님과의 첫 만남일 것입니다. 이후로 잦은 방문을 통해 자매님께서 소외된 자들을 위한 봉사 활동에 관심이 많다는 것을 알게 되었습니다. 무엇보다도 자매님의 인자하면서도 초롱초롱한 눈매가 신앙에 대해 서슴없이 여쭈어 보고픈 느낌을 갖게 합니다.

요즘 본당의 레지오('레지오 마리애'의 준말. '성모 마리아의 군대'라는 뜻으로 세상의 악과 맞서 싸우는 교회를 수호하기 위해 조직된 신심 단체이다. 1921년 아일랜드에서 시작되어 전 세계에 퍼졌으며 한국에는 1953년에 도입되었다.) 자매님들이 잘 오시지 않는 이유와 권 안드레아 교사님도 뵙기 힘든 까닭을 알고 싶습니다. 저희들의 신앙 태도에 문제가 있다면 부디 지적해 주십시오.

신부님 자신도 알고 계신지 모르겠습니다만 저희 공소의 신자들과 신부님 사이에는 무언가 겉돌고 있는 느낌이 있습니다. 서로 간에 대화가 잘 되지 않고, 심지어 어떤 신자들은 불신감을 갖고 있기도 합니다. 그런 얘기를 듣거나 저 자신이 그런 점을 느낄 때마다 몹시 고통스럽습니다. 이것이 교도소라는 특수한 환경 탓인지 아니면 사제와 신도 사이의 불일치 때문인지 아니면 무지한 저희들의 방자함 때문인지 혼란스럽습니다. 그래서인지 현재 공소(사제가 상주하지 않는 교회)의 신자 수가 많이 줄었습니다. 어떻게 해야 할까요? 저희들은 벙어리 냉가슴 앓듯 답답해하고 있습니다. 신부님이 오셔도 이야기할 수 없고, 상담할 자매님도 없고, 단지 피동적으로 정기적인 미사만 참여하고 있는 실정입니다.

저는 자매님들이 이곳까지 어려운 발걸음을 하였다가 저희들과 한마디 말도 없이 단지 구경만 하고 가는 것이 참 안타깝습니다. 모든 것이 제약되어 있는 현실 속에서 어쩔 수 없는 일이겠지만, 이왕 이곳을 찾는다면 좀 더 생산적이고 창조적이어야 한다고 생각합니다. 저는 너무도 바쁘신 신부님의 한 손에 모든 것이 결정되는 교회 현실이 매우 못마땅합니다. 한 사람의 몸으로 어떻게 수천의 영혼의 갈등을 해결할 수 있겠습니까? 평신도의 창조적 활동은 더욱 활성화되고 격려되어야 합니다.

디냐 자매님, 제가 침체된 기분에 다소 주제넘은 말을 한 것 같습니다. 저의 답답함이 신앙적으로 왜곡되지 않도록 잡아 주시고 조언해 주십시오.

자매님의 그 해맑으심이 주위에 많은 빛을 던져 주길 바라며 이만 줄입니다. 주께 영광!

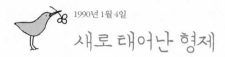

새로 태어난 형제

참으로 기쁩니다. 홀가분합니다. 몇 년 동안이나 별러 오던 영세식을 마치게 되니 우리 형제들 모두 신자가 된 기쁨에 조금은 들떠 있습니다. 감사합니다. 보잘것없는 저희들을 위해 음양으로 기도해 주시고 또 방문하신 본당 자매님들께 감사드립니다. 특히 제가 어려울 때마다 진솔한 조언으로 용기를 주시는 디냐 자매님께 감사드립니다. 보내 주신 책도 잘 받았습니다.

이번에 열한 명의 형제들이 새로 태어났는데 이들 한 사람 한 사람은 모두 나름대로 갈등을 겪기도 했습니다. 하느님의 종으로 새로 태어난다는 것은 그야말로 엄청난 변화입니다. 특히나 범죄의 세계에서 굳어진 인생관을 떨쳐 내는 데에는 부자가 재산을 버리는 듯한 용기가 필요했습니다. 회장으로서 이들 한 사람 한 사람과 면담하며 참으로 가여운 신앙의 싹이 황폐한 들녘 구석에 막 피기 시작하고 있음을 볼 수 있었습니다. 그야말로 가여운 싹입니다. 그것을 확인시켜 준 게 영세였습니다.

이제는 우리 모두가 합심하여 그 싹을 보호하고 잘 키우도록 격려해 주어야 합니다. 아직 그 싹은 너무 여려서 조금만 바람이 불어도, 조금만 햇빛이 강해도 말라 없어질 것처럼 보입니다. 이곳에서는 아무리 신자라고 해도 '도둑놈은 도둑놈일 뿐' 이라고 생각합니다. 때문에 교도소의 신앙은 외부인의 관심이 결정적으로 중요할 때가 많습니다.

사실 제가 오늘 이렇게 공소 회장을 맡아 열심히 주님의 일을 하고자 하는 것도 주변의 많은 형제자매님이 마음으로 기도해 주시고 관심을 보이셨기에 가능했습니다. 물론 이 모든 것이 전능하신 주님의 배려이겠지만, 제 주변에도 그러한 관심과 배려가 필요한 형제들이 여럿 있음을 보면서 안타까움을 느끼고 있었습니다. 고맙게도 자매님이 신부님께 후원회 결성의 약속을 받아냈다니 새해에는 그 일이 꼭 성사될 수 있도록 기원해 봅니다.

글을 통해 그려 보는 자매님의 모습이나 생활은 꼭 수녀님을 보는 것 같습니다. 신자로서 그러한 모습으로 비치기까지 자매님께서 얼마나 내면적으로 선을 위한 투쟁에 힘을 기울였을지 짐작이 갑니다. 참으로 하느님께 나아가는 길은 '투쟁' 이 아닐 수 없습니다.

지금 저의 모친은 자식의 석방을 위한 투쟁에 혼신의 힘을 기울이고 있습니다.(다음에 저의 모친 얘기를 조금 하지요.) 징역은 제가 아니라 저의 가족이 살고 있는 셈입니다. 저는 또 나름대로 말씀을 선포하기 위한 투쟁을 하고 있습니다. 이 모두는 조금씩 형태가 다르지만 결국은 모두가 하느님 안에서 하나 되고자 하는 투쟁이나 다름없다고 생각합니다.

디냐 자매님! 평신도로서 자매님의 신앙생활은 제게 끊임없이 자극과 귀감이 되고 있습니다. 좋아하시는 해인 수녀님의 시구 그대로 생활하고자 하는 자매님의 삶에 경의를 표합니다. 교도소는 밖에보다 항상 조금은 더 춥다는 것을 명심하고 다음에 오실 때는 특히 조심하셔야 합니다. 지금쯤은 건강이 회복되어 가족과 함께 즐거운 시간 보내고 계시리라 믿습니다. 그리고 "오랫동안 기다리고 인내하는 낚시꾼의 자세로 일하라."는 말씀 깊이 간직하겠습니다.

주님의 완전하신 사랑과 은총이 항상 자매님의 가정에 깃들기를 빌며.

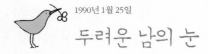

두려운 남의 눈

　자매님의 편지와 책 모두 고맙게 잘 받았습니다. 주부 역할을 하시느라 몹시 바쁘고 여유가 없을 것 같은데 이렇듯 사회봉사 활동을 할 수 있다는 것은 보통의 결심이 아닐 것 같습니다. 우리나라 주부들의 평균 노동량이 웬만한 육체 노동자의 노동량보다도 훨씬 높다는 것을 잘 알고 있습니다. 어느 급진적 여성 운동가는 가사 노동에 봉급을 주어야 한다고 주장합니다.

　저는 이곳 공소의 책임자로서 신앙 문제나 개인 문제로 끊임없이 고민하는 우리 젊은 형제들과 상담하는 일이 잦습니다. 그들과 이야기하다 보면 열악한 사회 환경 속에서 그리고 결손 가정에서 어떻게 범죄자가 만들어지는지를 자세히 알게 됩니다. 때문에 이곳의 형제들에게 신앙이란 너무도 낯선 일일 수밖에 없습니다. 오랫동안 자신의 몸과 마음을 감추고 살아온 형제들이 신앙을 가지려면 참으로 진득한 인내와 후원이 뒤따라야 합니다. 지난달에 영세받은 형제들 중 몇몇이 벌써 신앙적 갈등에 휩싸여 있습니다. 영세를 받았으면 뭔가 변화가 있어야 하는데 예전과 똑같은 행동을 반복하고 있는 자신을 보고 괴로워하는 것입니다. 차라리 영세를 받지 않았으면 이런 불편함은 없었을 것이라며 오히려 영세받은 것을 큰 부담으로 느끼는 사람도 있습니다.

이 갈등을 극복해야만 보다 굳건한 신앙인이 될 수 있겠지요? 자매님, 우리 형제들이 자신을 변화시키는 데 제일 두려워하는 일이 무엇인지 아십니까? 바로 '남의 눈'입니다. 여태까지 해 오던 행동과 다른 어떤 새로운 행동을 하고자 했을 때, 가령 남이 보는 데서 성호를 긋는다든지 휴지를 줍는다든지 등, 남들로부터 "저 녀석 안 하던 짓을 다 하네." 같은 핀잔을 들을까 봐 몹시 두려워합니다. 타인을 의식함으로써 자신을 발전시킬 수도 있고 그 반대로 자신의 발전을 가로막을 수도 있습니다. 남에게 칭찬받고 싶어서 착한 일만 골라서 하다 보니 어느덧 그것이 몸에 배어 버린 게 전자의 경우요, 쓸데없는 자존심 때문에 어떠한 변화도 두려워하는 것이 후자의 경우입니다.

사람은 누구나 이 두 가지 경향을 다 가지고 있지만 우리는 되도록 전자의 것을 잘 이용해야 합니다. 그런데 자칫 잘못하여 '남의 눈'을 지나치게 의식하다 보면 위선자가 되기 쉽습니다. 제가 가까이 지내는 한 형제는 어떠한 형태의 위선도 거부하기 때문에 영세를 받지 않는다고 합니다. 자기는 10 중에 3밖에 행동하지 못하는데 단지 영세 신자라는 허울 때문에 7 정도의 행동을 하는 양 남에게 보이기 싫다는 것입니다. 자기는 어디까지나 3이기 때문에 3만큼만 행동하는 게 더 떳떳하고 자연스럽다는 것입니다.

참으로 묘한 논리입니다. 언뜻 들으면 반박할 말이 없을 정도로 완벽한 논리 같습니다. 실제로 인도자의 위치에 있는 한 형제는 위와 같은 논리를 펴는 형제로부터 공격을 받고 몹시 흔들렸다고 고백했습니다. 그 형제의 논리에 따르면 '영세받는 행위' 자체가 '위선'이 됩니다. 저는 여기에 대해 길게 설명하지 않았습니다. 다만 사람이란 0에서 10으로, 혹은 그 거꾸로 변해 가는 '과정'에 있는 존재라는 말만 했습니다. 여기에서 신앙이란 변화의 동력이며 기준이라고 했습니다. 결국 위선을 주장하던 형제는 종교방(한국의 교도소에서는 종교 신자들의 신앙 활동을 보호하고 격려하기 위해 종파별로 종교방을 운영하고 있다. 같은 종교를 가진 사람들이 한 방을 쓴다.)에서 물러났고, 잠시 흔들렸던 인도자는 새로운 각오로 종교 활동을 하고 있습니다.

보내 주신 신영복 선생님의 책은 잘 읽었습니다. 더구나 그분과 대전서 같이 징역 사시던 분이 저와 한 작업장에 있어 이야기도 많이 듣습니다. 대단히 관조적인 분입니다. 자기 주변의 삶을 깊이 관조한 후에 매우 함축적인 말로 표현할 수 있는 재능을 가지신 분입니다. 아니 재능이 아니라 그 자체가 인격이겠지요. 같은 부류의 징역 선배로서 좋은 귀감이 되는 분입니다. 하지만 어떻게 사는 것이 이상적인 징역이냐 하는 것은 없습니다. 자기의 위치와 입장 그리고 인생관에 따라서 달라질 수밖에 없으니까요. 어쨌든 신영복 선생님의 사(捨)의 정신은 부럽기조차 합니다.

내일모레가 설 대축일입니다. 온 가족이 즐거운 명절을 맞이하시길 빕니다. 항상 주님의 사랑과 은총이 함께하시길.

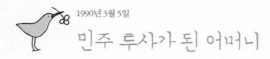

1990년 3월 5일

민주 투사가 된 어머니

그동안 안녕하셨는지요?

개학(더운 여름이나 추운 겨울 동안 교리 교육이 중단되었다가 날이 풀리면 다시 시작된다.)을 하고 벌써 네 주가 흘렀습니다. 공교롭게 삼일절까지 겹쳐 결국 네 주 중 겨우 한 번만 미사를 치렀습니다. 그것도 신부님만 달랑 혼자 오셔서요. 이런 상황에서 집회 참석 인원이 자꾸 줄어드는 것을 저로서는 막을 도리가 없습니다. 신부님께서는 항상 자율적인 활동을 강조하시지만 원천적으로 '자유'가 부재한 이곳에서는 분명한 한계가 있습니다. 하루 속히 후원회라도 결성되었으면 합니다.

그동안 댁내 평안하시고 또 주일학교 교사일도 잘 되어 가는지요? 제게 있어 지난 2월은 정신없이 지나가 버린 달이었습니다. 이젠 다 평정되었지만 공소 내에 자그마한 분란이 끊이지 않았고 개인적으로도 몹시 우울한 소식만 들려왔습니다. 모든 번뇌를 씻어 내기 위해 지난주부터 새벽기도와 로사리오(묵주기도)를 드리고 있습니다.

한때 김영삼 씨의 큰소리를 믿고 삼일절 특사를 혹시나 하고 기다리던 사람들이 있었습니다. 결국은 거꾸로 매달아도 나갈 만한 사람만 나갔습니다. 저의 어머니는 석방이 있던 날 몇몇 장기수 가족들과 함께 위로한다고 면회를 왔습니다. 이런 일이 있을 때마다 저들의 하는 짓이 가증스럽게만 느껴집니다. 감옥 가득히 정치범을 채워 놓고 자기네들의 정치적 기반이 흔들릴 때마다 무마용으로 조금씩 흘려보내는 수법이 —그것도 온갖 생색을 다 내면서— 너무도 속 들여다보입니다.

자식의 일이라면 원근을 마다않고 뛰어다니시는 어머니를 볼 때마다 징역은 제가 사는 게 아니라 바로 어머니가 사시고 있구나 싶습니다. 사실 어머니는 제가 이렇게 되기까지는 집 대문간 한 번 넘어 보지 않은 고루한 대가족의 맏며느리였습니다. 지금은 거동을 잘 못하는 시어머니를 모시고 살면서 집안의 온갖 걱정까지 다 짊어지고 있는 모습을 보면 딱할 지경입니다.

어머니는 대가족 살림의 일손을 돕기 위해 아주 어릴 적에 시집을 왔습니다. 한 번에 서른 명 정도의 식사를 마련해야 했던 어머니는 너무 바쁘셔서 어린 저희 형제들을 일일이 돌볼 수가 없었습니다. 물론 대가족에서는 집안에 있는 모든 어른이 부모나 다름없지만 저도 어머니보다는 할머니 손에 자랐다 하는 편이 더 정확할 것입니다. 싫으면 싫다고 내색도 잘 못하는 어머니는 몇십 년 동안을 오로지 가족의 뒤치다꺼리만이 삶의 전부인 양 살았습니다. 대부분의 조선 여성이 그렇게 살아왔지요. 그러다 보니 어머니는 남 앞에서 말한마디 못하는 '숙맥'이 되었고 문간 밖에서 일어나는 세상일에 대해서는 그야말로 '문외한'일 수밖에 없는 사람이 되었습니다. 우리나라 남자들은 이러한 상태의 조선 여성을 때로는 '바보'라고 놀려대면서 교묘히 이용해 먹기도 했지요.

그런데 어느 날 갑자기 제가 감옥에 갇히게 된 것입니다. 그때부터 어머님은 오로지 자식을 살려야겠다는 일념으로 사방으로 뛰어다니면서 스스로 변화하기 시작했습니다. 모든 양심수의 석방을 위해 싸우는 '민가협'(민주화실천가족운동협의회)에 가입하고 각종 집회에 참석하여 구호도 외치는가 하면, 여러 정치 지도자들을 만나 호소도 하고, 때로는 대중 집회에 나가 연설도 하는 이른바 '민주 투사'가 되었습니다. 제가 생각해도 상상할 수 없는 변화가 일어난 것입니다. 언젠가 저는 신문에 흔하게 실리는 데모 사진을 보다가 어머니를 발견하고는 너무 반가운 나머지 눈물을 흘린 일이 있습니다. 하지만 면회 때 찾아오시는 어머니는 안존한 모습의 옛날 그 어머니이십니다.

어머니를 변화시킨 것은 단순히 자식에 대한 사랑 때문만은 아닐 것입니다. 미친 이 시대가, 아니 미친 듯이 흘러가는 역사의 물결이 마침내 대가족의 부엌간에서 변함없는 세월을 살아가던 한 여인을 끄집어낸 것입니다. 물론 어머니는 제가 옥에서 나오면 다시 가정으로 돌아가시겠지요. 하지만 그때의 어머니는 결코 예전의 어머니와 같을 수는 없을 것입니다. 저는 믿습니다. 이 나라 민주화의 가장 굳센 군대의 하나가 우리 어머니들이며, 또한 다가올 세상의 주역의 하나가 여성이라는 사실을. 왜냐하면 이들만큼 순수하고 투철한 사랑을 실천하는 이는 지구상에 없으니까요.

어머니 이야기를 하다가 조금 삼천포로 빠진 것 같습니다. 믿음 속에서 스스로 노력하는 자에게는 주님께서 불행을 행복으로 변화시킬 수 있는 능력을 주심을 믿으며 이만 줄입니다. 디냐 님의 건강한 모습을 다음 집회 때 뵙기를 기대합니다.

자매님의 가정에 행운과 주님의 은총이 항상 가득하기를.

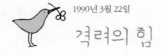

격려의 힘

감사합니다.

기쁩니다.

이렇듯 진정으로 이웃을 사랑하는 이가 있음을 알게 되어서입니다. 귀한 시간을 쪼개어 안타까운 마음과 격려해 주고픈 심정을 전하러 이곳까지 오시다니……. 아무리 상황이 어렵다 한들 이렇듯 주님은 넘치는 사랑을 주시는데 두려워할 것이 무엇이겠습니까.

자매님의 해맑은 얼굴을 보는 순간 그동안 공소를 이끌어 오면서 드리워졌던 어두운 그림자가 마치 아침 햇살에 말라 버린 이슬처럼 말끔히 걷혔습니다. 때때로 이러한 예기치 않은 기쁨이 인생을 살아갈 만한 것으로 만듭니다.

디냐 자매님은 확실히 저보다 한 수는 멀리 봅니다. 아무래도 저는 현장에 매몰돼 있다 보니 당장의 어려움에 시야가 좁아지는가 봅니다. 올바른 신앙생활을 하기 위해서는 누군가 제삼자의 조언이 필요함을 느낍니다. 지난번 영세 후에도 새로 태어난 형제들의 방황을 염려하는 저에게 긍정적으로 보도록 조언하셨고, 이번에도 신부님의 역정을 걸림돌이 아니라 당연한 것으로 보도록 일러 주셨습니다.

과연 그렇습니다. 빵을 달라는데 돌멩이를 집어 줄 아비가 어디 있으며, 자고 있는데 문을 두드리면 역정 내지 않을 사람이 어디 있겠습니까. 말씀을 읽고 실천한다는 것은 결코 일회적 행위가 아니라 꾸준히 반복하는 가운데 그 말씀의 의미가 새롭게 깊어짐을 알 수 있습니다.

저희는 지금 수요 모임 대신에 월요 모임을 하고 있습니다. 다른 행사 때문에 밀려났지요. 방식도 작년과 달라졌습니다. 올해 공소의 목표가 '전도를 통한 조직 정비'이기 때문에 매주 공장별로 모이고 있습니다. 지난달에는 각 공장마다 한 번씩 만나 상견례를 했습니다. 두 번째 만나는 새달부터는 자매님 말씀대로 성서를 읽으며 자연스런 토론을 이끌어 내려고 합니다. 자매님께서도 혹시 평신도 모임에서 신입자의 동참을 위해 애썼던 좋은 경험이 있다면 귀띔해 주시기 바랍니다.

살아가면서 어떤 문제에 부딪혔을 때 그 문제를 말씀에 근거하여 생각하고 또 해결하는 것이 단순히 세속적으로 처리하는 것보다 몇 배나 어렵다고 느껴질 때가 있습니다. 제가 지금 가정적으로 그러한 상황에 처해 있습니다. 언젠가 한번은 자매님과 상의할 수 있는 기회가 있겠지만 지금 제가 갖고 있는 생각과 태도가 흔들리지 않도록, 그리하여 주님의 충실한 자녀가 될 수 있도록 기도해 주시기 바랍니다. 사실 지금 거의 파괴되다시피 한 저의 가정이 어떻게 귀결되느냐 하는 중요한 기로에 서 있습니다. 전에도 이러한 상황이 닥칠 때마다 과도한 스트레스로 인해 건강을 해치곤 했지만 지금은 그 어느 때보다도 주님이 이 일에 깊이 관여하시어 보살펴 주신다는 생각에 담담히 기다려지는 심정입니다. 일이 잘되건 못되건 주님 앞에 부끄럼 없는 사람이 되고자 노력할 뿐입니다.

디냐 자매님, 바쁘신 생활 가운데 이렇듯 외진 곳에 갇혀 있는 형제들을 위하여 여러 가지 신경 써 주셔서 감사드립니다. 자매님의 가정에 항상 충만한 행복과 행운이 깃들기를.

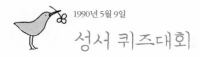
1990년 5월 9일
성서 퀴즈대회

며칠째 흐리고 비가 내리고 하다가 오랜만에 해님을 봅니다. 축
축한 담요 널기에 딱 좋은 날씨입니다. 그런데 그만 아침에 담요 갖
고 나오는 것을 잊어버렸습니다. 겨우 러닝과 양말을 빨아 널고 그
아래에 앉아 이렇게 펜을 들었습니다.

작업장에서 글을 쓸 기회란 거의 없습니다. 오늘같이 날이 덥고
늘어질 때는 모두들 일손을 놓기 때문에 그늘에 앉아 신문을 보거나
앞에 있는 꽃모종을 가만히 들여다보거나 합니다. 루드베키아와 피
튜니아 모종은 아무리 옮겨 심어도 싱싱하기만 한데, 호박이란 놈은
옮겨 놓으면 초여름이 될 때까지 비실비실합니다. 혹시나 말라죽는
게 아닐까 조바심이 날 정도입니다. 작년에도 그랬지만 본격적인 더
위가 시작되자 진짜 무섭게 덩굴을 뻗치더군요.

바로 앞에 교육실에서는 개신교 교리 강사가 마치 장터에 싸움이

라도 난 듯 큰소리로 열강을 하고 있습니다. 이 글을 쓰는 데 백뮤직이 되고 있는 셈이지요. 지금 막 일만 달란트가 얼마나 무지막지하게 큰돈인가 하는 것을 설명하고 있습니다. 우리는 아직 강사를 못 구해 몇 달째 예비자 교육도 못하고 있는데…… 부럽기만 합니다. 평화신문을 보니 지난 한 해 동안 신자 수 조사가 나와 있는데 전국의 모든 교구가 증가했음에도 유일하게 안동 교구만 신자가 줄었더군요. 확실히 무슨 문제가 있는 것 같습니다.

다음 주(17일)에 성서 퀴즈대회가 있습니다. 한 달 전부터 준비하여 이제 겨우 예선을 마쳤는데 신부님께서 어느 정도 지원해 주실지 궁금합니다. 제 방에 우직하고 문리가 아직 덜 트인 형제가 있습니다. 만약 평소에 다른 형제들이 그러하듯 이 형제를 내버려두었다면 성서 한 줄도 제대로 못 읽고 포기하였을 것입니다. 그러나 곁에서 꾸준히 격려하고 한 문제 맞출 때마다 칭찬했더니 잠도 안자고 머리를 싸매며 공부합니다. 남들보다 두 배는 노력해야 겨우 비슷한 결과를 얻는 친구이기에 이 친구가 예선을 거뜬히 통과했을 때 모두들 속으로 적잖이 놀랐습니다. 지금은 준결선 통과를 위해 더욱 열심히 성서를 들여다보고 있습니다. 그러나 이렇게 열심히 공부하는 형제도 한번 심사가 뒤틀리고 자존심이 상하면 언제 그랬냐는 듯 모든 걸 내팽개칩니다. 그럴 때는 정말 난감하여 어떻게 해야 할지 모르겠습니다.

이제 막 교육실에서는 강의가 끝나고 같이 온 자매님들이 음식

보따리 끄르는 소리가 시끌시끌 나고 있습니다. 참으로 고마운 분들입니다.

성모성월(성모 마리아의 달로 5월)에 자매님께서는 무슨 좋은 일이라도 계획하고 계신지요? 성모님의 품과 같이 따뜻한 좋은 계절입니다. 마음속에 남아 있는 과거의 찌꺼길랑 말끔히 씻어 내고 새로운 신록을 키워야겠습니다. 푸릇푸릇한 신록을.

건강 유의하시고 자매님의 가정에 주님 은총 깃드시길 바라며 어버이날 다음 날에 교도소 온실 벽에 기대어 씁니다.

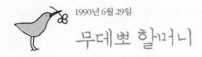

무데뽀 할머니

마침 자매님께 고맙다는 편지를 쓰려고 펜을 드는 순간 자매님께서 면회를 오셨습니다. 상중이라 심신이 우울한 참이었지만 자매님의 환한 얼굴을 보니 기운이 났습니다. 이 무슨 기구한 운명인지 아니면 스스로 선택한 인생 항로인지 어찌하여 저는 가족들로부터 이렇게 철저히 소외되어야 하나요?

여섯 형제 중 다섯이 결혼을 했어도 한 번도 그 자리에 참석한 적이 없으며 대가족의 가장이신 할아버지, 할머니의 상을 여기 안동교도소에서 맞이해야 했으니……. 거기다가 마지막 위안이던 집사람마저 이제는 타인이 되었습니다. 이렇듯 하느님께서 저를 외곬으로 몰고 가시는 걸 보니 어디 크게 쓸 데가 있기는 있나 봅니다. 부디 주께서 저를 그냥 지나쳐 가지 마시길 바랄 뿐입니다.

오늘은 할머니 이야기를 하고 싶습니다. 할머니는 동네에서도 소

문난 무데뽀였지요. 서른 명에 가까운 대식구가 한 지붕 아래서 살 때에는 정말 시끌벅적한 게 재미있었습니다. 집안이 아무리 시끄럽고 의견이 많아도 할머니 한마디에는 모두 쥐죽은 듯 잠잠했으니 우리 집에서 할머니의 위치를 짐작하실 수 있을 것입니다. 그런 할머니 밑에서 어머니는 맏며느리로 거의 40년 가까이 시집살이를 했으니 그 간이 얼마나 작아졌을까 생각해 보십시오.

저는 할머니의 총애를 받으며 자랐습니다. 그래서 때로 다른 형제들의 시기심을 불러일으키기도 하였지요. 저로서는 미안하기도 했지만 그 지극한 사랑을 아니 받을 수 없었습니다. 어머니는 대가족의 '식모' 노릇을 하느라고 저희를 제대로 한 번 안아 줄 수가 없었습니다.

저희들은 거의 할머니 손에서 자라다시피 했지요. 할머니의 손자 사랑은 조금 지나쳐서 가령 밥상이라도 함께하게 되면 배부른데도 자꾸 '멕여 주는' 음식 때문에 곤욕을 치르기 일쑤입니다. 이날 이때까지 할머니가 '멕여 주는' 밥을 먹고 살아왔지만(심지어 감옥 안에서도 그렇다고 할 수 있습니다. 가족 좌담회 때 집에서 가져오는 음식도 할머니가 간섭하시니까요.) 지금껏 가장 잊히지 않는 음식은 초등학교 3학년 때 먹은 '계란 프라이' 입니다.

하루는 늦게 일어나서 아침도 거르고 급히 나가는 바람에 도시락을 안 싸가지고 학교에 갔습니다. 점심때가 훨씬 지나서 집에 돌아오는데 어찌나 배가 고픈지 마중 나온 할머니를 보자마자 울음부터 터트렸습니다. 할머니는 금방 부엌으로 내려가시더니 밥통에 밥이 하나도 남아 있지 않은 것을 확인하시고는 몇 분도 안 되어 계란 프라이를 만들어 먹여 주시는 것이었습니다. 배고픈 김에 맛도 느낄 새 없이 허겁지겁 먹고 나니 어느 정도 허기가 가셨습니다. 이때 할머니에게 배운 지혜로 훗날 자취와 하숙을 반복할 때 배는 고픈데 당장 먹을 것이 없으면 늘 계란 프라이로 허기를 메웠습니다.

할머니가 사흘 전에 돌아가셨다고 합니다. 이곳에 앉아서는 도무지 실감이 나지 않습니다. 지난번 할아버지 상 때도 그랬습니다. 결국 사랑하는 손자 얼굴 한번 못 보고 그렇게 가셨습니다. 이 엄청난 불효를 어떻게 씻을 수 있을까요.

"천주여, 제 할머니께서 당신을 잘 알지 못하나 저의 간구를 들어 주시어 할머니의 영혼을 천국으로 인도하여 주옵소서!"

디냐 자매님, 죄송합니다. 쓰다 보니 개인적인 넋두리가 되고 말았습니다. 부탁컨대 이 편지를 받아 보시는 날 제 할머니의 명복을 빌어 주시면 고맙겠습니다. 주께서 항상 자매님과 함께하시길.

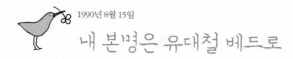

내 본명은 유대철 베드로

보내 주신 7월 27일자 편지 잘 받았습니다. 찌는 듯한 더위가 한 고비 넘었다고들 하지만 한낮에는 땡볕입니다. 〈통신성서〉(성바오로 수녀원에서 실시하는 성서공부 강좌로 과제물을 주고받는 형식으로 진행되며 구약입문에서 요한복음까지 모두 6년이 걸린다.) 연수를 잘 다녀오셨다니 반갑습니다. 여러 곳에 몸이 매여 있는 가정주부로서 사흘씩이나 집을 비운다는 게 결코 쉬운 일은 아닐 터인데, 하느님을 알고자 하는 열성과 평소의 성실함이 연수를 가능케 했나 봅니다.

저도 〈통신성서〉 동기생이기에 연수에 참여하신 자매님이 부럽습니다. 8월 10일까지 기말 리포트(통신성서 과제물의 하나)를 제출하느라고 다소 신경이 쓰였습니다. 문제지를 겨우 7월 말에야 받았기 때문이지요. 저는 출애굽 과정에서 느낀 '해방과 계약'에 대해 썼습니다.

지금 저는 단식 중에 있습니다. 위를 말끔히 비웠을 때의 편안함으로 자매님의 단아한 모습과 미소를 떠올리며 복도의 계단에 걸터앉아 편지를 쓰고 있습니다. 방에는 여러 형제들이 식사를 하고 있기 때문이지요. 오늘이 마침 성모승천 대축일이라 조금 있으면 저희 종교방에서 합동 공소예절(사제 없이 일반 신자들끼리 드리는 미사)을 주도해야 합니다. 자매님을 대하거나 편지를 보면 성모님의 따스함을 느낄 수 있어 참 좋습니다. 성모님의 통공(通功. 가톨릭에서는 기도와 선행의 공로를 교류함으로써 서로에게 영적인 힘과 하느님의 은총을 나눌 수 있다고 믿는다.)이 자매님을 통하여 여지없이 작용하는가 봅니다.

제 마음의 평안과는 달리 지금 바깥 정세는 어디선가 예언자 예레미야의 호통이 들리지 않나 싶을 정도로 아수라장입니다. 예수님의 고향 언저리에서는 현재 전쟁이 벌어지고 있으며, 판문점 언저리에서는 무시무시한 냉전이 계속되고 있습니다. 남북대화는 국가 보안법에 발이 묶여 한 발자국도 나아가지 못한 채 실향민과 양심수들의 한은 깊어만 갑니다. 자신을 굶기는 이런 행위라도 하지 않으면 그 한이 골수에 맺혀 무슨 일이 벌어질지도 모르겠습니다.

예수님께서 로마의 국가 보안법에 걸려 정치범으로 십자가에 처형당한 사실을 알고 계시는지요. 그렇게 볼 수도 있는 것이 아니라 외형은 분명 그랬습니다. 의도야 어떠하였건 그는 로마의 지배 질서에 혼란을 몰고 왔던 사람이니까요. 영세를 받기 전 저는 단순한 정치범에 지나지 않았습니다. 하지만 지금은 십자가에 달리신 예수님의 심정을 조금은 헤아리는 그런 정치범이 되었습니다. 예수님은 자신을 핍박하던 자들에게 "저들을 용서하여 주옵소서."라고 하였지만 저는 아직 그렇게 말할 수 있는 신앙의 깊이를 갖고 있지 못합니다. 언젠가는 저도 그렇게 말할 수 있는 때가 오겠지요. 그렇다고 하여 제가 눈앞에 보이는 어떤 사람들을 증오하고 있다고 생각지 말아 주십시오. 저의 증오의 대상은 이 악을 끊임없이 재생산하고 있는 '구조'에 대한 증오입니다.

그리고 제 영명축일(세례명을 기념하는 날)은 9월 20일이 아니라 10월 31일입니다. 많은 사람이 제 이름 '대권'을 보고 자연스럽게 '대건 안드레아 성인'을 연상하는데, 제 주보성인(主保聖人)은 소년 순교 성인이신 유대철 베드로입니다. 여기까지 썼다가 아무래도 기분이 이상하여 생활 교리 책을 펴 보았더니 9월 20일이 한국 성인 대축일로 되어 있네요. 보통 순교일이 축일인데(그러니까 10월 31일은 유대철 성인의 순교일임) 우리나라 103위 성인의 경우 모두 9월 20일을 공동 축일로 삼고 있더군요. 덕분에 이번에 확실히 알게 되었습니다.(한국에 가톨릭이 전래되는 과정에서 1만 명이 넘는 순교자가 생겼는데 그 가운데 신앙의 모범이 될 만한 분들을 가려 103위가 로마 교황청에 의해 성인(聖人)으로 추인되었다.)

동생 분 가족들이 지금쯤 무사히 LA에 도착했기를 빕니다. 이민 가시나 보지요? 형제들이 사방에 흩어져 있으면 보고 싶기도 하겠지만 넓은 세상에 대한 간접 경험과 예기치 않은 도움을 얻을 수 있는 이점도 있습니다.

　막바지 더위에 몸조심하시고, 가정에 주님의 평화 가득하시길 바랍니다.

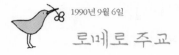

1990년 9월 6일

로메로 주교

창가에 놓아둔 나팔꽃 화분이 채 꽃도 다 피기 전에 벌써 낙엽이 지기 시작합니다. 귀뚜라미 소리는 점점 더 구슬퍼지고…….

오늘은 방학이 끝나고 맞는 첫 미사여서 모두들 가슴 설레며 기다렸는데 그만 안동의 모든 사제님이 피정 떠나셨다는 말에 낙담하고 말았습니다. 대신에 수녀님께서 비디오테이프를 가져오셨더군요. 〈아마데우스〉, 좋은 영화인 듯한데 시간이 허락지 않아 이것도 미처 다 못 보고 끝나고 말았습니다. 이래저래 핀트가 안 맞는 하루였습니다.

보내 주신 영화 〈로메로〉는 참으로 감사하게 보았습니다. 저는 벌써 두 번이나 보았는데, 첫 번째와 비교하여 그 감동이 전혀 뒤지지 않습니다. 오히려 처음에 놓쳤던 장면들을 정확히 알 수 있게 되어 좋았습니다. 다른 무엇보다도 '성체'의 의미를 영화를 통해 분명히 알게 되어 기쁘게 생각합니다. 총탄이 난무하는 가운데 로메로 주교가 흩어진 성체를 줍는 장면이 이 영화의 압권입니다. 성체성사를 '살아 계신 예수님을 몸에 모시는 것' 정도로 알고 있었는데 이 장면을 통하여 성체는 바로 예수이고 성체성사는 '하느님과 인간, 인간과 인간의 일치'를 뜻함을 확실히 알게 되었습니다.

군인들의 무자비한 총기 난사로 성당에서 쫓겨 나온 로메로 주교는 성당 앞에 세워 둔 자신의 차 앞에 멈춰 섭니다. 그러고는 그 앞에 죽은 듯이 둘러서 있는 민중들의 핏기 없는 얼굴을 둘러봅니다.

"그렇다, 바로 저들이다. 성당에서 쫓겨 나와 길거리에 희망 없이 서 있는 저들이 군인들의 무자비한 총탄 세례로 땅바닥에 흩어져 있는 '성체'가 아니고 무엇인가! 저들이 바로 예수님이고 성체이다. 내가 저들을 두고 어디를 간단 말인가? 가자, 예수님과 함께 가자!"

로메로 주교는 용기백배하여 다시 군인들이 우글거리는 성당에 들어가 그야말로 빗발치는 총탄 속에서 성체를 줍습니다. 그러고는 다시 민중을 이끌고 들어와 감격스런 미사를 집전합니다. 비록 짧은 순간이나마 악에 대한 하느님의 승리입니다.

"여러분이 예수님입니다!"

이 장면들을 정리하면 이렇습니다.

"땅에 떨어진 성체 = 고난 받는 민중 = 예수 그리스도"

이 모든 것이 성체성사라는 상징적 행위에 함축되어 있는 것입니다. 이렇게 보니 평소에 너무 가벼운 마음으로 성체를 모신 제 자신이 부끄럽습니다. 하지만 평소에는 잘 몰랐던 진리가 드러나는 특별한 '상황'이 있는 것 같습니다. 중남미의 특별한 상황 속에서 '해방신학' 또는 '상황신학'이 나온 것이지요. 혹자는 우리는 상황이 달라 남미의 신학이 맞지 않는다고 말하기도 합니다만, 진리를 이끌어내는 상황은 서로 다르더라도 그 속에 담긴 하느님의 메시지는 똑같다고 봅니다.

산상수훈 한 구절로 오늘 편지 마치렵니다. 디냐 자매님께 다시한 번 감사드리며 댁내 두루 평안하시길 바랍니다.

"옳은 일을 하다가 박해를 받는 사람은 행복하다. 하늘나라가 그들의 것이다." (마태 5:10)

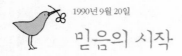

믿음의 시작

자매님의 축일을 진심으로 축하드립니다. 또한 오늘은 우리나라의 103위 순교 성인들의 공동 축일이기도 합니다.

성녀 디냐에 대해서는 제가 가지고 있는 성인전에 나와 있지 않아 잘 모릅니다. 기회가 되면 한번 성인의 생애에 대해 간단히 알려 주시길 바랍니다.

피로 점철된 한국 천주 교회사를 읽다 보면 저절로 옷깃을 여미게 됩니다. 동시에 우리 선조들의 단순하기 그지없는 신앙심에 고개가 숙여집니다. 그 순교가 당시 사회에서 갖은 천대를 받던, 그리하여 차라리 죽어서 천당 가는 것이 더 낫다고 생각한 천민 계층의 사람들만이라면 그럴 수도 있거니 하겠지만, 먹고 입을 것이 보장되어 있는 양반들마저 서슴없이 자기 목숨을 내놓은 것을 보면 과연 신앙의 힘이 목숨보다 위대하다는 것을 알게 됩니다.

우연이지만 제가 처음 본 가톨릭 서적은 바로《한국의 성지》라는 화보였습니다. 갓 구속되어 얼이 빠진 상태에서 일심 재판이 한참 진행 중일 때였습니다. 그때 어머니가 오셔서 두꺼운 화보 두 권을 넣으셨는데 거기에는 온통 가톨릭 순교자들의 묘지와 처형장, 은거지 등의 장소들이 성지로 단장되어 있었습니다. 저는 그때 처음으로 '아, 우리나라에도 예루살렘과 같은 성지가 있구나!' 하는 것을 알게 되었고 곧이어 읽은 책이《새남터》란 순교 장편소설이었습니다. 그러니까 저는 순교자들의 생애를 통해 처음으로 가톨릭을 접하게 되었습니다. 더구나 당시에 제게 가톨릭 서적을 건넨 사람은 사형 언도를 받고 죽음에 직면한 저의 동료였습니다. 그 친구가 구치소의 절박한 상황 속에서 웃음을 머금고 전해 주는 서책을 저는 소중히 읽어 갔습니다.

제게 가톨릭은 '한번 믿어 볼까?' 하는 망설임에서가 아니라 애초부터 삶과 죽음의 문제로 다가왔습니다. 그때 여러 성인전을 통하여 가장 제 마음을 사로잡았던 분이 바로 유대철 베드로 성인이었습니다.

저는 그 무렵 수사 과정에서 받은 고문의 후유증으로 하루에도 몇 차례씩 하반신 신경 발작에 시달리고 있었습니다. 저는 그 악명 높은 수사기관의 지하실에서 죽기도 전에 이미 지옥을 체험했습니다. 거기에는 인간은 없고 오로지 동물적 본능과 죽음에의 끈끈한 유혹만이 있었습니다. 그 속에서 저의 인간성은 여지없이 파괴되었고 타인의 조종에 마음대로 놀아나는 꼭두각시가 되었습니다. 그 상처는 제 마음속에 영원히 지울 수 없는 자국이 되어 남아 있습니다.

자기가 그토록 믿었던 자기 자신을 배반했을 때의 심정을 이해하시겠는지요? 결국 그때부터 믿을 수 없는 자신을 버리고 절대적인 그 무엇을 찾기 시작했습니다. 유대철 소년의 순교는 저를 부끄럽게 만들기에 충분했습니다. 열세 살의 어린 나이에 살점이 떨어져 나가는 고문에도 굴하지 않고 신앙을 고백하다가 결국은 옥졸의 손에 목 졸려 죽은 그분을 영원한 사표로 삼기로 했습니다.

이렇게 볼 때 하느님께서 한 사람의 혈기왕성한 무신론자를 당신의 사랑하는 자녀로 이끄시는 교묘한 과정은 참으로 신비스럽기까지 합니다. 그렇습니다. 이 세상은 신비로 가득 차 있습니다. 신비 속에서 저를 이끄시는 하느님! 하느님께서는 저를 어떻게 쓰시려고 이런 외진 곳에 처박아 두었을까요. 오늘 순교 성인들의 통공을 가슴 깊이 느끼며 전능하신 하느님의 의도를 헤아려 봅니다.

디냐 성인의 성덕이 자매님의 삶에 은혜로서 충만하길 빕니다.

성 안드레아 김대건과 성 바오로 정하상과 동료 순교자 대축일에.

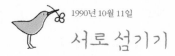

서로 섬기기

아침저녁으로 제법 날씨가 쌀쌀해졌습니다. 어김없이 찾아드는 계절의 순환 속에서 하느님의 숨결을 느낍니다. 어제는 봄에 심었던 강낭콩을 수확했습니다. 누구도 내다보지 않는 것을 저 혼자 뒤뜰에 심어 놓고 지난여름 내내 기둥 세워 주고 덩굴 줄 매어 주고 거름도 주고 하며 애면글면 하던 기억이 콩 하나하나를 따면서 새롭게 되살아납니다.

한때는 이름 모를 병에 걸려 온 이파리가 누렇게 말라죽어 가기에 거의 포기하기도 했습니다. 하지만 병든 이파리 사이로 돋은 새움을 보고 그대로 죽일 수는 없었습니다. 매일 병든 잎을 따 주고 솎아 주고 하였지요. 장마가 끝나고 병든 잎을 완전히 제거하니 몰골이 아주 초라했습니다. 그런데 새로운 덩굴이 뒤늦게 사방으로 뻗기 시작하더니 마구 꽃을 피우는 것이었습니다. 대풍이랄 순 없지만 죽을 뻔했던 것으로 보아선 풍성한 수확입니다.

콩을 키우면서 마치 한 사람의 성장 과정을 보는 듯했습니다. 나고 자라고 방황하고 꽃 피우고 결혼하여 정착하고……. 특히나 다죽은 잎사귀 사이에서 새 움이 돋을 때에는 묘한 감동마저 느낍니다. 마치 우리네 죄에 물든 삶이 나락 속을 헤매다가 회개하고 새로운 삶을 살고자 노력하는 것 같습니다. 제가 그 조그마한 새 움을 보고서 어떻게든 살려야겠다고 여러 가지 노력을 하였던 것 같이 하느님께서도 새로워지려는 우리의 가냘픈 몸부림을 보고 가엾이 여겨 구원의 손길을 뻗치시는 것이 아닌지요.

한가위 연휴는 잘 지내셨는지요? 대도시에 살수록 자꾸 우리의 명절이 외국의 상품과 풍습으로 뒤바뀌어 가는 것 같은데 자매님의 주변은 어떠한지요? 가령 추석이라 하여 온 가족이 나들이 나가 홍콩 갱 영화나 보고 맥도날드 햄버거 집에 가서 회식이나 한다면 그것이 무슨 조선의 명절이랄 것이 있겠습니까?

보내 주신 격려의 편지 잘 읽었습니다. 그야말로 자매님께서는 제 등을 투덕투덕 자애로이 두드리며 격려해 주셨습니다. "대철 베드로, 잘하고 있어!" 하면서 말입니다. 이 말은 징역 용어로 하라는 대로 말 잘 듣고 잘 하고 있으면 빨리 내보내 주겠다는 상투적인 인사말이지요.

덕분에 주님의 사랑 속에서 형제들과 함께 푸근한 추석 연휴를 지낼 수 있었습니다. 추석날에는 오랜만에 제가 사회를 보고 종교방 형제들이 한데 모여 오락시간을 가졌습니다. 평소에 각기 다른 공장에 출역하기 때문에 같은 방에 있더라도 서로 마음을 열어 놓고 대화하기도, 또 타인에게 관심을 갖기도 어렵습니다. 해서 커플 게임을 통해 파트너를 정한 뒤 한 시간 남짓 여러 가지 게임을 해서 친해진 다음 이번 한 달 동안 자기의 짝을 최고의 관심을 가지고 섬기기로 약속했습니다. 그런 뒤에 평가회를 통해 자기가 느낀 점들을 의논해 보자고 했습니다.

우연하게도 많은 짝이 평소에 서로 탐탁지 않게 여겼던 사람으로 맺어졌습니다. 아직 성과를 말하기에는 이르지만 어떤 짝은 게임만으로도 이미 갖고 있었던 상대에 대한 나쁜 선입관을 씻을 수 있어 좋다고 말합니다. 또 한때 심각하게 대립하고서는 말도 잘 안 하는 어떤 짝은 서로 어떻게 할 줄 몰라 눈치만 살피고 있습니다. 아무튼 두고 봐야겠습니다.

디냐 자매님께서 외국을 다녀온 경력이 있다니 궁금증이 납니다. 처녀 시절의 꿈이 자녀를 둔 어머니로서 지금은 어떻게 변했는지도 궁금하고요.

독서의 계절을 맞이하여 좋은 책을 많이 읽으시길 바랍니다. 건강한 가을 보내시고 가정 내 주님의 사랑 넘쳐 나소서.

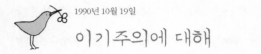

이기주의에 대해

날씨가 제법 쌀쌀해졌습니다. 아침에 출역 나갈 때는 내복을 입고 나갔다가 오후에 더워지면 다시 벗어 버립니다.

좁은 공간에서 몇 명 안 되는 동료들과 부대끼며 살지만 그 속에서 많은 것을 배웁니다. 오늘 아침 〈통신성서〉 준비로 잠언을 읽다가 "쇠는 쇠에 대고 갈아야 다듬어진다."(잠언 27: 17)는 구절을 발견하고 무릎을 탁 쳤습니다. 많은 이가 이웃과 비비대며 살다가 골치 아픈 문제가 생기면 이웃이고 뭐고 다 팽개치고 아무도 없는 곳에 혼자 있고 싶어합니다. 저 역시 그런 충동을 느낄 때가 있습니다. 그동안 종교방을 운영해 보니 많은 형제가 그런 식으로 하방(종교방에서 공장방으로 되돌아감)을 요청합니다. 저는 그럴 때마다 네게 닥친 어려움을 피하지 말고 정면으로 부닥쳐서 극복해 보라고 권유합니다. 그래야만 자신이 커진다고.

이곳의 형제들에게 있어 가장 부족한 것은 인내심과 끈기입니다. 무엇이든지 시작은 잘하지만 끝까지 하는 경우가 별로 없습니다. 또 하다가 중간에 조금만 어려워지면 쉽게 체념하고 손을 털어 버립니다. 하지만 개중에는 보석처럼 빛나는 형제들이 있습니다. 감탄할 정도의 성실성과 인내심을 가지고 성서와 교리를 공부하고 또 생활 속에서 실현하는 모습을 보면 감옥이 이들에게는 학교라는 것을 깨닫게 됩니다.

요 며칠 동안 줄곧 이웃과 부대끼면서 '이기주의'에 대해 생각해 보았습니다. 이기주의란 남은 아랑곳하지 않고 오로지 자신의 이익과 실속만을 차리는 것을 뜻하지요. 엊그제인가 이런 일이 있었습니다. 우리 작업장에 나이 든 노인이 한 분 계시는데 아침에 혼자 빨래를 하고 있었습니다. 저는 그 시간에 개인적으로 할 일이 많았습니다. 어떤 때는 공소를 위한 일거리일 때도 있고, 어떤 때는 더 미룰 수 없는 개인적인 일일 때도 있습니다. 그래서 노인네의 빨래를 거들려다가 모른 체 제 일을 하였습니다. 평소에 노인네께서 젊은 사람으로부터 빈축 살까 봐 모든 일은 되도록 스스로 하시는지라 마음속으로는 이를 위안 삼아 불편한 심기를 누르고 있었지요.

한데 잠시 후 밖에 있던 동료 한 분이 안에 들어와 노인네가 빨래하시는 모습을 보고는 얼른 뺏는 것이었습니다. 순간 저는 부끄러움에 어찌할 바를 몰랐습니다. 저는 바쁨을 핑계로 그러한 제 행동을 정당화했던 것입니다. 그러나 시간이 갈수록 그것은 저의 명백한 이기주의임을 알게 되었습니다. 비록 그때 하고 있었던 일이 공적인 일이라 해도 다급한 상황이 아니면 그 일을 다음으로 미루고 눈앞의 봉사를 했어야 합니다. 늘 바쁘다고 떠들고 다니는 사람은 바쁨을 이유로 이웃의 다급한 곤란과 도움 요청을 외면하는 경우가 많습니다. 결국 제 행동을 따져 보면 그 일이 공적이건 사적이건 자신의 일이기에 자기중심적으로 모든 일을 보았다고 할 수 있습니다.

이렇게도 위안해 보았습니다. 나는 공소에 매인 몸이므로 사적인 봉사에 얽매일 필요가 없다고. 하지만 이것도 좋은 합리화가 될 수 없는 것은 그 순간 제 양심이 몹시 불편했기 때문입니다.

이 일로 인하여 일에 대한 내 이기주의적 성향을 확실히 알게 되었지만 어쩐지 마음 한구석에는 '아, 나도 좀 더 생활이 단순해져서 마음 놓고 봉사할 수 있는 여유를 가질 수는 없을까?' 하는 아쉬움이 남기도 합니다.

저는 확실히 즉각적이고 반사적인 봉사 능력이 부족합니다. 상당히 계산적이지요. 눈앞의 봉사를 잠시 미루고 나의 일이 먼저냐 아니냐를 따져 보는 순간부터 잘못되기 시작한 것입니다.

"주님, 주님은 이미 제게 계산하고 기다리는 능력을 넘치도록 주셨습니다. 이제는 그 반대의 것도 좀 내려 주소서. 제 코가 석 자나 빠졌을지언정 한 자 빠진 남의 코를 그냥 지나치지 말게 하소서."

항상 건강하시고 주님의 은총과 사랑 속에서 기쁨 충만하시길 바라나이다.

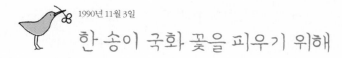

한 송이 국화 꽃을 피우기 위해

영명축일 카드 잘 받았습니다. 감사합니다.

어제는 한 해 동안 가꾸었던 국화를 교도소 구석구석으로 보냈습니다. "한 송이 국화꽃을 피우기 위해 봄부터 소쩍새는 그렇게 울었나 보다."라는 시구대로 정말 화분 하나 완성하는 데 한 해 내내 손질을 해야 했습니다. 아무래도 공소일 때문에 그렇게 자세히 들여다보진 못했지만 정말 제대로 된 국화꽃 한 송이는 한 해 동안의 온갖 정성의 결정체입니다. 가능만 하다면 멋지게 늘어진 '현애 국화'를 한 본 보내드리고 싶습니다.

지금 저희 공소는 신부님이 아니 오셔서 말이 아닙니다. 지난 9월 마지막 날에 추석 미사를 드리고는 지금까지 신부님이 오시지 않습니다. 언제 오신다는 언약도 없고요. 듣기에는 소(교도소) 측과 협력 관계가 제대로 되지 않아 신부님께서 제동을 걸고 계신 걸로 압니다만, 이곳에서 신자들을 매일 관리하는 저로서는 난감하기 짝이 없습니다. 계획했던 후반기 행사가 모두 무산되거나 미루어졌으며 갓 입문한 신자들은 점점 무관심해지고 있습니다. 마치 목자 없는 양떼가 방황하는 것 같습니다.

물론 그동안 공장별 조직을 어느 정도 정비해 놓았기 때문에 일거에 흐지부지되는 일이야 없겠지만 이런 상태가 이삼 개월 더 지속된다면 심각한 상태로까지 발전할지도 모르겠습니다.

그동안 이제나 저제나 하고 애만 태웠는데 오늘부터 저희 형제들은 합심하여 신부님께서 어서 들어오시기를 기도드려야겠습니다. 그것은 바로 소와의 협력 관계가 원만히 해결된다는 뜻이겠지요? 안동의 행정은 흔히들 말하기에 타소보다 한 10년은 뒤져 있다 할 정도로 권위주의적이고 완고한 데가 있습니다. 그렇다고 해서 모든 일이 원리원칙대로 잘 돌아가는 것도 아닙니다.

교도소는 이 나라 행정 관청의 고질적인 '관료주의'가 가장 완고하고 왜곡된 형태로 남아 있는 곳입니다. 해서 사회가 민주화되더라도 그 여파가 가장 늦게 미치는 곳이 이곳입니다. 반대로 사회에서 찬바람이 세차게 불면 가장 먼저 감기 드는 곳도 이곳입니다. 예컨대 무슨 '범죄와의 전쟁'을 선포하거나 '좌경세력 단속강화'와 같은 방침이 발표되면 그 이튿날부터 소 내 공기가 달라집니다. 어쩌면 신부님께서는 이러한 교도소의 생리를 잘 이해하지 못하시는지도 모르겠습니다. 밖에서는 당연하다고 생각되는 일이 이곳에서는 결코 허용될 수 없는 경우가 많거든요. 어쨌든 저는 지금 매우 곤란한 처지에 놓여 있지만 신부님의 의도에 대해서는 전폭적인 지지를 보내고 있으며 이 문제가 저희 형제들에게 바람직한 방향으로 하루빨리 풀려나기를 바라는 마음입니다.

서두에 국화 재배 이야기를 했는데 사실 우리 신자 하나 만드는 데에도 그 이상으로 정성을 쏟아야만 한 명의 제대로 된 신자를 얻을 수 있습니다. 개신교와 비교하면 부끄럽지만, 그 쪽의 전도하는 분들의 열의와 정성은 참으로 감탄할 만합니다. 오히려 이곳 신도들이 미안할 정도로 적극적입니다. 그런 점에서 우리 가톨릭은 너무도 소극적이고 어떻게 보면 무관심하기조차 합니다. 가톨릭 신문의 여론 조사에도 여실히 나타났지만 평신도에 의한 우리 교회의 전교 상황은 실로 심각한 지경에 있습니다. 그나마 이 정도 유지하는 것은 전국의 33만에 이르는 레지오 마리애 단원 때문이라고 합니다. 무언가 평신도가 주도하는 효율적인 전교 전략이 세워지지 않으면 안 된다고 봅니다.

한 송이 국화꽃을 피우듯이 그렇게 정성을 다하는 전교가 시급합니다. 특히 이 담장 안에는.

주님의 평화가 함께.

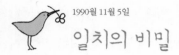

일치의 비밀

날씨가 좋으면 기분이 좋고 명랑해지는 것이 보통이지만 거꾸로 날씨가 너무 좋아서 괜스레 센티멘털해지는 때가 있습니다. 아침 식사 후 운동장에 나와 담 너머로 울긋불긋 단풍이 든 산들을 바라보면 밑도 끝도 없이 서운한 느낌이 듭니다. 만져 볼 수 없는 풍경이라 그러겠지요. 어쩌면 이곳에서만 느끼는 특수한 심정인지도 모르겠습니다. 아무튼 저는 늦가을 아침의 이런 축축하면서 상쾌한 풍광을 몹시 좋아합니다. 이미 산야의 단풍은 절정을 지나 부드러운 갈색으로 변해 가는데 그 위에 드문드문 박혀 있는 싸리나무의 노란 잎과 화살나무의 빨간 잎이 묘한 대비를 이룰 때에는 무어라 말 못할 감흥을 자아냅니다.

학창 시절에 이맘때면 틀림없이 이젤을 둘러메고 이 기묘한 감흥을 캔버스에 담으러 돌아다니고는 했습니다. 풍경화는 그리는 순간의 감흥이 그림 전체의 분위기를 좌우합니다. 아직 한 번도 그 순간의 감흥을 만족스럽게 표현해 보지는 못했지만 이젤을 펼쳐 놓고 자연 속에서 하나가 되어 작업할 때의 모습은 상상만 해도 가슴이 뿌듯합니다.

일치! 일치야말로 아름다움을 창조하는 거룩한 순간입니다. 저는 운 좋게도 일찍이 고등학교 초년 시절에 이 일치의 감격을 맛보았습니다. 물론 그림을 통해서이지요.

꼭 이맘때였습니다. 지금은 상전벽해가 되었겠지만 워커힐 근처의 산자락을 헤매다가 제 마음에 꼭 맞는 풍경화 구도를 발견했습니다. 그것을 마음속에 분명히 스케치하고서 다음 날 늦게야 화구를 가지고 다시 찾아가서 그리기 시작했습니다. 그렇게 세 번을 찾아가서 완성을 보았는데 마지막 날의 광경은 지금도 잊을 수가 없습니다. 그곳은 후미진 산자락 아래로 인근에 사람이라고는 없는 아주 한적한 곳이었습니다.

그림을 그리기 시작했을 때에는 두 시경이었지만 마지막 피치를 올릴 때는 벌써 해가 저물고 있었습니다. 늦가을의 바람은 점점 쌀쌀해지고 배는 고프고 적막하기 그지없는데 한 애송이 화가가 황혼 속에 장엄하게 누워 있는 산기슭에서 열심히 붓질을 해대는 것이었습니다. 그 순간에는 저도 그림이 제대로 되고 있는 건지 잘 몰랐습니다. 다만 저 해가 떨어지기 전에 눈앞에서 벌어지는 빛들의 향연을 부지런히 화폭에 담아야겠다는 일념뿐이었습니다. 지금 생각해 보면 혼연일치라 말할 수 있겠지요. 그림이 완성되어 전시회에 걸렸을 때 여러 사람으로부터 칭찬을 들었지만 제가 보아도 그것은 이전 것과는 확실히 달랐습니다. 이 사건을 계기로 저는 그림에 눈뜨기 시작했습니다.

지금 보면 매우 유치한 그림일지 모르겠으나 저로서는 완벽한 일치감 속에서 일구어 낸 작품이었습니다. 살다 보면 1년 내내 이러한 일치를 경험하기란 그리 흔하지 않습니다. 그렇다고 하여 단지 우연이라고만 얘기할 수는 없습니다. 쉽사리 일치할 수 있는 평상심을 지녀야 할 것입니다. 기도와 수양을 통하여.

어찌 이러한 일치가 그림 그리기에만 국한되겠습니까. 사람이 하는 모든 일에서도 일치야말로 최상의 결과를 보장하는 수단이라 하겠지요.

아침나절에 본 묘한 색의 콘트라스트를 보고 옛날이야기까지 끄집어냈습니다. 자매님, 어쩌면 우리 신자의 삶이란 하느님과 일치하고자 끊임없이 노력하는 삶이라 볼 수 있겠습니다. 하느님과의 일치, 하느님 안에서 형제들과의 일치……. 그런데 과연 무엇이 우리를 하느님 안에서 일치로 이끌까요? 묘한 색의 대비가 저를 일치로 이끌었듯이 서로 다른 사람들 간의 조화로운 대비가 우리를 일치로 이끄는 것이 아닐는지요.(쓰다 보니 엄청난 주제를 자꾸 건드리는 것 같아 여기서 일단 중단해야 할 것 같습니다.)

활기차게 살아가시는 디냐 자매님의 모습을 보니 기쁩니다. 진실로 선한 사람은 특별히 좋은 일을 하지 않아도 존재 그 자체가 선함을 유발한다고 하지요. 자매님께서 그런 사람이길 바랍니다. 아니, 그렇다고 믿고 있습니다.

항상 주님의 사랑 속에서 기쁨 나누시길.

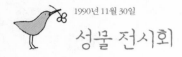

1990년 11월 30일

성물 전시회

다시 미사가 시작되었습니다. 그렇게 애를 태우다가 다시 드리는 미사는 참으로 감동적이었습니다. 글자 그대로 목자 잃은 양떼와도 같은 나날이었습니다. 신부님께서는 안에서 호응이 부족해서 이리 늦어졌다고 하지마는 사실은 서로 간에 연락이 잘 안 되었고 또 이곳의 특수한 실정을 잘 모르셔서 하는 말씀입니다. 아무튼 저희들을 좀 더 사랑하기 위하여 그러한 일이 벌어졌으니 감사드릴 수밖에요. 오시자마자 그동안 밀렸던 일들을 신속하게 처리하시는 신부님과 수녀님들이 믿음직스럽게 보입니다. 요즘은 주교님 착좌식 준비로 몹시도 바쁘시다던데 자매님께서도 한몫하시는지요?

후반기 중 두 달 가까이 비는 바람에 행사 하나가 다음 해로 미루어졌습니다. 저희가 계획한 것 중에 성물 전시가 있습니다. 아시겠지만 여기 '징역쟁이'들의 손재주는 남다른 데가 있습니다. 이 손재

주로 몇 가지 성물을 빚어 보았는데 그것들을 성탄 미사 때 자매님들께 보여 드리고 선물하고자 합니다. 저도 디냐 자매님께 드리려고 특별히 하나 제작하였지요. '평화를 구하는 기도'를 적은 벽걸이 족자인데 이 안에서 표구할 길이 없어 밖으로 보냈습니다.

마침 12월 중순께 시내에서 재소자 교정 전시회를 한다기에 그 속에 포함시켰지요. 때문에 디냐 님 손에 들어가려면 표구 값을 내야 합니다. 그리 대단한 값은 아닐 터이니 다른 사람이 빨간 딱지를 붙이기 전에 꼭 디냐 님 손에 들어갔으면 좋겠습니다. 전시회를 한다고 작품을 내라 하는데 이런저런 바쁜 일 때문에 짬을 낼 수가 없습니다. 그림을 그리자면 시운전을 하여 엔진이 열을 받아야 하는데 그럴 만한 시간과 여유가 없습니다. 해서 손쉬운 대로 한글 서예를 몇 점 했습니다. 언젠가 제 생활이 정리가 되면 차분히 앉아 그림을 좀 하고 싶습니다. 전시회는 일정이 잡히는 대로 다시 알려드리겠습니다.

하느님을 인정하고 받아들인다는 것은 거의 기적과 같은 일입니다. 전교 사업이란 이런 기적을 일으키는 일인데 참으로 어렵고 힘든 일입니다. 살살 달래서 어느 정도 단계에까지 오지 않았나 싶다가도 예전의 습관이 한번 나오기 시작하면 걷잡을 수 없이 무너지고 맙니다. 마치 알코올 중독자가 몇 달을 잘 참고 있다가 우연찮게 마신 한 잔의 맥주로 단주 계획이 무너져 버리고 마는 것처럼. 얼마 전에 알코올 중독에 걸린 한 신부님의 눈물겨운 치유 이야기가 담긴 《달과 함께 노는 아이》라는 책을 읽었습니다. 재미있어서 단숨에 읽히는 그런 책인데 저는 이 책을 읽고 우리 형제들이, 아니 어쩌면 세상 사람들 누구나가 죄와 악습의 중독에 시달리는 환자가 아닌가 하는 생각을 했습니다. 끝내는 자신을 파괴하고 마는 이 무시무시한 중독 상태로부터 영원히 벗어나기 위해 위대한 치료자이신 예수 그리스도께 매달리고 있지마는 어느 한순간의 유혹을 견디지 못하고 번번이 단죄(斷罪) 상태가 무너지는 것 같습니다.

알코올 중독자에게 한 잔의 술은 천 잔의 술과 같다고 했습니다. 한 잔이 천 잔을 불러온다는 뜻이겠지요. 그것은 마치 아담의 죄가 인류 전체에게 죄를 불러오는 것과 같습니다. 저는 이곳에서 그러한 현상을 너무도 자주 목격합니다. 어떻게든 마음을 잡으려고 잘 추스르고 나아가다가 한순간 삐끗하면 그 뒤로는 될 대로 되라는 식으로 옛날처럼 행동하는 모습들을. 사실 이러한 모습은 이곳이나 사회나 마찬가지일 것입니다. 다만 이곳은 그 양태가 좀 더 구조적일 뿐이지요.

우리가 세례를 받을 때에 "이제 죄를 끊습니까? 예, 죄를 끊습니다." 하고 대답하는 장면이 있습니다. 무신론자의 상태에서 그렇게 고백하기까지가 기적 같고, 또 그렇게 고백한 뒤 지속적으로 단죄 상태를 유지한다는 것도 기적입니다. 어쩔 수 없이 예수님은 기적의 사나이일 수밖에 없습니다. 온통 기적과 같은 일만 저지르셨고 또 그러한 일을 저희에게 요구하시니. 아멘!

디냐 자매님, 〈생활성서〉 11, 12월호를 보셨는지요? 좋은 읽을거리가 많습니다. 만일 아니 보셨다면 주위의 신자들에게 빌려서라도 한번 보십시오.

자매님의 여전하심은 저의 힘입니다. 항상 건강하시고 주님을 기쁘게 하는 일 많이 하십시오.

자매님 가정의 평온과 행복을 위해 기도드리며.

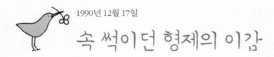

속 썩이던 형제의 이감

엊그제 무던히도 속 썩이던 한 형제가 이감을 갔습니다. 그 형제로 인해 방 분위기가 항상 어색하고 짜증스럽기만 했었는데 막상 떠나가고 보니 왠지 시원하면서도 섭섭한 느낌이 듭니다. 섭섭한 이유는 그가 떠나가기 며칠 전부터 마음을 다잡고 생활을 잘했기 때문입니다.

악화가 양화를 구축한다고 그 형제 때문에 착실히 신앙생활을 하던 또 다른 형제가 같은 방에서 견뎌 내지 못하고 하방하고 말았습니다. 그 사건은 제게 충격이었습니다. 다음에 공소를 이끌어 갈 후계자로 점찍어 놓은 형제가 신입이나 다름없는 형제의 '횡포'를 견디지 못하고 종교방을 떠나간 것은 제가 이곳에 와서 하고자 했던 모든 일들이 일순간에 무너지는 듯한 느낌으로 다가왔습니다.

저는 마음을 다잡고 문제의 그 형제가 있는 방으로 옮겼습니다.

그리고 공동체 생활에 들어갔습니다. 처음에는 그 형제가 저의 환심을 사려고 무척 노력하는 것 같았습니다. 하지만 그 형제의 불손하고 방자스런 태도 때문에 그 노력이 제 맘에 와 닿을 리가 없었지요.

그러다가 어느 날 갑자기 그 형제는 제게 등을 돌리고 냉전을 시작했습니다. 제가 사랑했던 형제는 이 냉전을 견디지 못하고 떠나간 것이지요. 냉전은 일주일 가까이 계속되었습니다. 결국 애초부터 그릇된 출발점에 서 있던 그 형제가 드디어 참지 못하고 스스로를 허물기 시작했습니다. 그동안에 몇 번이고 이곳 공동체의 규약에 따라 '경고' 조치를 하고자 했지만 — 경고는 하방으로 이어짐 — 책임자로서 포용할 수 있는 한도까지 참아 보자는 것이 제 방침이었기에 결국은 그가 스스로를 무너트릴 때까지 기다린 것입니다. 그 형제는 자신의 잘못된 생활 태도 등을 고백하고 어렵겠지만 앞으로 새롭게 변하겠다는 결심을 말하고 며칠을 정말 몰라보게 정숙한 생활을 하더니 느닷없이 이감을 가게 된 것입니다.

저의 이런 방침에 대해 수긍하는 사람도 있지만 반대로 적지 않은 사람들이 왜 강력한 경고 조치 등을 통해 분위기를 깨트리는 사람을 솎아 내지 않느냐고 불만을 토로하기도 합니다. 이럴 때는 참으로 어렵습니다. 전체를 위하여 부분을 희생시키는 것과 길 잃은 한 마리 양을 끝까지 지켜 내는 것과의 선택이란 난감하기 짝이 없습니다. 그것은 마치 감자 자루에 들어 있는 썩은 감자를 골라서 버리느냐 아니면 썩은 감자를 잘 처리하여 먹을 수 있도록 만들어 놓느냐와 같은 문제입니다. 정녕 감자와 같은 물체라면 썩은 정도가 눈에 보이니 구제불능이라 여겨지면 그대로 버릴 수 있겠는데, 우리 인간이란 아무리 썩고 병든 듯이 보여도 어느 한순간의 은총으로 새로워질 수 있기 때문에 판단은 늘 어렵기 마련입니다. 이럴 때는 하느님께 지혜를 구하는 수밖에 없겠지요?

보내 주신 '안동 주보'와 '생명 공동체 회보' 잘 보았습니다. 모두 처음 보았습니다. 공동체 회보를 보니 이제 공동체 운동의 작은 결실들이 여기저기 맺히는 것 같아 흐뭇합니다. 아무쪼록 생명력 있는 지역 운동으로서 굳건히 자리 잡아 나가길 빌어 마지않습니다.

지난번 성가대회에 대해 여러 분들에게서 좋은 소리를 들었습니다. 악조건 속에서 그만큼이라도 열성을 보여 준 형제들에게 감사드립니다. 공장에서 따로 모여 연습할 만한 시간과 장소가 없거든요. 다가오는 성탄 공연 때에는 촌극을 하나 올릴까 하는데 솔직히 걱정이 앞섭니다.

아무쪼록 즐겁고 복된 성탄 맞이하십시오. 새해에는 자매님을 통해 더욱 많은 사람에게 그리스도의 사랑이 퍼져 나가길 바랍니다. 그리고 교정 전시회는 26일에서 28일까지 안동 문화회관에서 한답니다.

바삐 돌아가는 12월, 알차고 보람 있는 한 해 마무리 있으시길 바라며 이만 줄입니다.

징벌방 피정

귀중한 경험을 하였습니다.

방안에 갇힌 채로 아무것도 없이 맨 몸뚱이로 하루 종일 앉아 있으니

인간의 본능이 꾸역꾸역 기어 나옵니다.

마구 먹고 싶고, 삿된 생각들이 시도 때도 없이 떠오르고,

잊어야 할 사람이 눈앞에 아른거리고,

그리고 무엇보다도 세상의 누구 하나

제게 관심을 가져 주지 않는다는 소외감에 떨었습니다.

1991년 디냐 자매님에게 보낸 편지

바우 올림

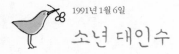

소년 대인수

　이렇게 추운 날 밤이면 이곳을 떠난 한 형제가 몹시 생각납니다. 반겨 주는 이 하나 없는 사회에 그야말로 아무런 대책 없이 교도소 문밖으로 내던져진 그가 지금 이 시간에 어디서 추위에 떨고 있을까 걱정이 됩니다. 징역말로 '난장 꿀리는 데 이골이 난' 그는 틀림없이 담요 한 장 둘러메고 어디 으슥한 폐차장 같은 데서 새우잠을 자고 있을 겁니다.

　그 형제는 '대인수'이면서도 스스로 '소년수'임을 자처하며 살았습니다. 사실 그는 소년수인지도 모릅니다. 자기 말로는 소년수 징역이 하도 괴로워서 나이를 속여 대인수로 넘어 왔다고 합니다만. 어쨌든 그의 그러한 행동은 징역을 조금이라도 편히 지내려고 짐짓 머리 쓴 것 같기도 합니다. 그러나 자세히 관찰하면 그의 의식 자체가 사춘기 소년의 그것과 같습니다.

하지만 이런 사춘기적 소년의 어리광을 용납하지 않는 곳이 징역입니다. 나이가 어리다는 것은 그만큼 자기 위로 모셔야 할 '밥그릇'이 많고 잽싸게 해야 할 일이 많다는 의미입니다. 나이가 어릴수록 보호받기보다는 더욱 혹사당해야만 하는 동양적 장유유서가 이곳만큼 확실한 곳은 없기 때문이지요. 어린 나이에 감옥에 들어온 이상 누구나 겪어야 할 단계 같은 것이기에 이것을 문제 삼는 것은 차라리 하나의 문화를 문제 삼는 것과 같습니다. 문제는 이 형제의 과거 전력에 있습니다. 전직 앵벌이. 온갖 구박과 천대 속에 자라오면서 궂은일을 도맡아 하던 자신의 처지가 어찌나 한스럽고 잊고 싶었는지 이를 회피할 수 있는 기묘한 방법을 개발, 터득하기에 이르렀습니다. 그것은 징역말로는 '쌩을 까는 것'입니다. 즉 들어도 못 들은 척, 보고도 못 본 척, 알아도 모르는 척하는 것입니다. 가령 누가 걸레 빨아 오라고 시키면 모르는 척하고 먼 하늘만 쳐다본다든지 하면서 상대를 안 하는 것입니다. 만약 보통 아이들이 이런 식으로 쌩을 까면 벌써 '귀방망이'를 맞았을 것입니다. 하지만 이 형제는 본드 과다 흡입으로 인한 치매 증상이 있기 때문에 쌩을 까도 그것이 일부러 그러는 것인지 아닌지를 알 수가 없습니다. 확실히 그의 정신 상태에 문제가 있는 것은 사실이지만 그동안 곁에서 꾸준히 관찰한 결과 대부분의 쌩이 다분히 의도적이었다는 결론을 내리지 않을 수 없습니다. 그 방법만이 유일하게 남으로부터 얻어맞지 않고 혹사당하지 않을 수 있으며 또한 자기를 제대로 배려해 주지 않는 상대방에 대한 감정의 표시이기 때문입니다.

이렇게 쌩을 까다가 자꾸 문책을 받으면 그는 더욱 자신의 내부로 숨어 들어가서 결국 자폐증적인 증세마저 보이기도 합니다. 가령 공동생활의 일원으로서 의당 해야 할 일조차도 스스로 알아서 하는 법이 없으며 누군가가 꼭 윽박질러야 합니다. 그것도 인상을 찌푸리고 마지못해 하지요. 이러한 그의 행동은 점차 의도적 습관과 술수를 넘어서서 스스로를 고립시키고 공동체를 거부하는 데까지 나아갑니다. 한 해가 넘게 함께 살아오면서 어느 누구도 그의 마음을 여는 데 성공하지 못했습니다.

결국 그는 한 번도 자기 마음을 열지 않은 채 처음 들어왔던 그대로 우리 곁을 떠났습니다. 그를 보면 열악한 사회 환경이 한 어린 소년의 성장에 얼마나 끔찍한 영향을 끼쳤는지 알 수 있습니다. 그의 입을 통해 서울의 길거리에 그와 비슷한 처지에 있는 소년들이 적어도 수백 명이 있다는 걸 알았습니다. 집도 절도 없이 방황하고 있다니 놀라울 뿐입니다.

행동이나 생각은 열악한 환경 속에서 왜곡될 대로 왜곡되었지만 타고난 마음씨만은 그렇게 착하고 순할 수 없는 것이 또한 저를 놀라게 합니다. 밤에 잠자리 기도할 때는 더듬거리는 소리로 꼭 자기와 같은 처지에 있는 방황하는 소년들의 안위를 위해 기도드리고 잠을 잡니다. 그 아이들은 대개 거지 왕초에게 붙잡혀 앵벌이나 소매치기 등으로 이용당하거나 악질업자들에게 붙잡혀 무보수 노동력으로 착취당하기 일쑤라고 합니다. 그래서 대부분이 자기의 어려운 처지를 한순간이나마 잊기 위해 본드 흡입을 일상으로 한다고 합니다. 그 형제의 죄명도 독극물에 관한 법령 위반이었습니다.

과연 누가 이 버림받은 소년들을 보호해 주어야 하는지요? 형식만 갖추었지 허술하기 짝이 없는 국가 복지기관들이 가증스럽기만 합니다. 사리사욕에 눈먼 정치인들은 언제쯤이나 민중의 구체적 고통에 관심을 가질는지요.

디냐 자매님, 추운날 밤이면 꼭 우리 불쌍한 형제들을 위해 기도해 주십시오. 이 순간 대도시의 길거리에서 맨몸으로 떨고 있는 어린 영혼들을 위해 성모님께 간구해 주십시오.

바쁘신 신정 연휴 보내신 것 같습니다. 보내신 노트 잘 받았고 사제를 위한 기도서 잘 보았습니다. 그런데 자매님께 긴급한 원조 요청 드립니다. 3월 초에 가톨릭 교리 경시대회 예정을 짜 놓았는데 교재가 준비되지 않아 걱정입니다. 신부님께 말씀드렸더니 《초대받은 당신》을 가져다주었습니다. 그 책은 퀴즈대회 교재로 적절치 않습니다. 해서 박도식 신부의 《천주교 교리》(가톨릭출판사) 책을 스무권 정도 시내 책방에서 있는 대로 구해 주실 수 있는지요. 공부할 시간이 필요하므로 되도록 빠를수록 좋습니다. 저도 일단은 출판사로 직접 신청을 하겠습니다. 연초부터 성가시게 하여 죄송합니다만 감히 부탁드립니다.

새해에는 하시는 일마다 보람 있으시길 바랍니다. 건강하십시오.

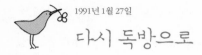

다시 독방으로

무어라 설명을 드려야 될지 모르겠군요. 조그만 방에 혼자 앉아 편지지를 대하는 자신이 왠지 쓸쓸하게 느껴집니다. 하지만 마음 깊은 곳에는 다하지 못한 사랑의 염(念)이 잔잔히 끓고 있습니다.

지난 25일 공소 회장직을 내놓고 공안수 독방(교도소에서 보안법 위반으로 들어온 사람을 공안수라고 부르며 일반수와 격리되어 독방살이를 한다.)으로 돌아왔습니다. 이유는 그저 "모든 것은 다 때가 있다."라는 성서 구절로 대신하겠습니다. 저로서는 제가 물러날 때가 되었다고 생각했습니다. 돌이켜 보건대 참으로 다사다난했던 열여섯 달이었습니다. 그런 만큼 또한 보람찬 나날이었습니다. 감히 말하건대 서른여섯 지나온 제 생애 가운데 가장 의미 있었던 한 해였습니다. 사회로부터 버림받은 형제들과 함께 울고 웃으며 너무도 많은 것을 배웠습니다. 하느님의 지극하신 사랑은 세상 어디에고 미친다는 것을 알게 된 한 해였습니다.

떠나올 때 형제들이 쭈뼛거리며 저마다 마련한 소박한 선물들을 건네는 것이었습니다. 그날 밤 저녁 기도를 마치고 제가 그동안 형제들을 얼마나 가슴 깊이 사랑했는지, 또한 형제들이 저를 얼마나 사랑했는지를 새삼스럽게 알게 되었습니다. 그들과 함께 살며 '서로 섬기고 나누는 사랑의 공동체'를 만들자고 이야기하고 생활했습니다. 그 성과를 보기에는 너무 짧은 기간이었지만 적어도 형제들의 마음속에 사랑의 작은 씨앗은 심었다고 생각합니다. 지나온 열여섯 달을 정리하자면 조금은 시간이 걸릴 듯합니다. 때로는 너무 바쁘고 피곤하여 어떤 통찰의 순간을 제대로 정리하지 못하고 지나친 때가 많으니까요.

디냐 자매님, 그동안 저와 공소를 위해 베풀어 주신 사랑에 진심으로 감사드립니다. 제가 책임을 벗어났다 하여도 저를 대하는 심정으로 저희 형제들에게 지속적인 관심을 부탁드립니다. 이제 오묘하신 하느님의 섭리는 저에게 또 다른 사랑과 관심을 베풀어 주실 줄 믿습니다.

올해는 그동안 밀렸던 공부도 좀 하고 또 저간의 경험을 바탕으로 '공동체 교리'를 정리하고 싶습니다. 공동체 교리는 명동성당의 교육 담당 신부이신 이기우 신부님이 이끄는 '청년 명례방 강좌'를 통해 정리된 바 있습니다. 저는 이 신부님과의 교류를 통해 더욱 자세히 알게 되었는데, 전통 교리를 현대에 맞게 비판적으로 계승하고 성전(聖傳)과 성경(聖經)을 공동체 중심으로 재해석하는 것입니다. 예컨대 과거에는 종교에 대해 내세의 영적 구원이니 하며 다소 개인주의적이고 영신주의적으로 정의를 내렸지만 공동체 교리에선 '종교란 공동체를 위하여 존재한다'는 식입니다.

이제 세상의 타락과 부패에 반비례하여 공동체 운동의 요구와 기대는 더욱 커지고 있습니다. 이미 자매님과 저도 그 거대한 물결의 일부가 되고 있습니다.

디냐 자매님, 지금 이 시간 지구 저편 예수님의 고향 근처에선 포탄이 날아다니고 있습니다. 서방 제국주의자들은 예수의 이름을 빌려 이라크인들을 살상하고 이라크인들은 알라의 이름을 빌려 이에 대적하고 있습니다. 여기에다 이스라엘인들이 야훼의 이름을 빌려 뛰어든다고 생각해 보십시오. "주여, 인류 공동체는 모든 적대 세력들이 다 죽어 나자빠진 뒤에나 가능하겠습니까?"

김 추기경님께서는 전쟁이 종결될 때까지 프란시스코의 '평화의 기도'를 열심히 드려 달라고 권유하셨습니다. 내일 아침 〈뉴욕타임스〉 사설에 '확대 전쟁'에 관한 논설 대신 프란시스코의 기도 전문이 실리는 꿈을 기대하면서 이만 줄입니다.

감기 조심하십시오.

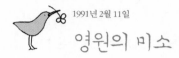

영원의 미소

지난 한 주일은 자매님의 푸근한 미소 속에서 평화로이 보낼 수 있었습니다. 침침한 면회실 저편에서 보여 주신 자매님의 은은한 미소를 저는 '영원의 미소'라고 이름 지었습니다. 다빈치의 '모나리자'를 생각한 것이 아니라 '영원'에 대한 공동체 교리를 떠올렸기 때문입니다.

"영원이란 하느님의 사랑이 세상에 전해지는 모든 시간이다."

이 한마디로 영생의 의미를 알 수 있습니다. 하느님의 사랑을 느끼고 있는 순간이 곧 영원입니다. 하느님의 사랑은 서로 사랑할 때 느끼는 것이며 개인이 아니라 공동체 안에서 완전히 이루어집니다.

"영원은 시간과 무관하게 있는 것이 아니라 흐르는 시간을 항상 현재로 살아 있게 하는 시간의 창조적 힘이다. 그러므로 영원은 무시간(無時間)이 아니라 살아 있는 시간이요 창조적 시간이다."

참으로 엄청난 진술입니다. 읽으면 읽을수록 그 의미가 새롭게 다가옵니다. 마치 하늘 문틈으로 하느님 나라를 슬쩍 훔쳐본 느낌입니다. 살아 있는 시간, 주님과 함께 호흡하는 시간이야말로 진정 살아 있는 생명의 시간이라고 할 수 있겠지요. 자매님이 미소 짓고 있는 그 시간은 살아 있는 시간이었습니다. 생명의 기운이 모락모락 피어오르는 창조의 시간이었습니다. 영원이었지요.

저는 하느님의 사랑을 느꼈고 자매님이 제게 보이신 것과 똑같은 미소를 다른 형제들에게 보낼 수 있었습니다. 그리고 다음 날 아침 기도를 마치고 일찍 나가 찬 공기를 마시며 운동장을 돌았습니다. 일곱 바퀴를 돌고는 두 발을 대지에 박고 하늘을 쳐다보며 심호흡을 했습니다. 신선한 아침 공기가 폐부 깊숙이 알알이 들어와 박혔습니다. 순간 들이쉬는 숨 하나하나가 주님의 은총이라 느껴졌습니다. 더욱 정성스럽고 깊이 들이마셨지요. 그러고는 어제의 그 미소를 생각하며 "주여, 오늘도 우리의 생각과 말과 행위를 평화로이 이끌어 주소서." 하고 되뇌었습니다. 통공입니다.

앞으로 생각날 때마다 '생활 속에서의 공동체 교리'를 정리해 볼 작정입니다. 공감 가는 부분이 있으면 메아리쳐 주십시오.

지난번 편지에 걸프 전쟁과 우리 사회의 부패상으로 인해 착잡해진 자매님의 심정을 표현하셨는데, 이 시간 뉴스를 접하고 있는 국민들 모두 마찬가지라고 생각합니다. 그러나 저는 사건 그 자체보다도 '뉴스 세례'의 문제점을 심각하게 바라봅니다. 예컨대 고부간에 싸움이 있었다고 합시다. 이웃 사람들이 그 싸움에 대해 알고자 할 때 싸움 당사자 중 누가 애기하느냐에 따라 그 내용은 영 딴판이 됩니다.

마찬가지로 언론 보도도 누가 어떤 목적으로 보도하느냐에 따라서 사건이 완전히 달라질 수 있습니다. 걸프 전쟁 같은 경우 전쟁 당사국인 서방 언론 외에는 일체 알 수가 없습니다. 때문에 우리가 쉽게 볼 수 있는 신문이나 텔레비전을 보고 함부로 판단해서는 자칫 전쟁을 일으킨 자들의 의도에 놀아나는 수가 있습니다. 다음에 한번 기회를 내어 걸프 전쟁에 대한 제 견해를 밝히겠습니다.

이것 하나만은 미리 언급해야 할 것 같습니다. 한 발에 수백만 원씩 하는 폭탄이 비 오듯 쏟아지면서 수천 년 인류의 유산이 파괴되고 무고한 이라크 민간인들이 죽어 가고 있습니다. 직접 당사자도 아닌 우리가 제 앞가림도 잘 못하면서 전쟁 비용을 감당해야만 하는 이 현실이 과연 제대로 된 현실인지 묻고 싶습니다. 후세인이 하루 빨리 죽어 전비 갹출의 괴로움으로부터 조금이라도 일찍 벗어나길 바라야 합니까, 아니면 저 무지한 이교도들의 무조건적인 패망을 기원해야 합니까?

저는 이렇게 봅니다. 하느님은 후세인과도 멀리 떨어져 있지만 부시와는 더욱 멀리 떨어져 있습니다. 그러나 하느님은 후세인을 멋진 도구로 사용하실 것입니다.

비가 옵니다. 감기 조심하십시오. 삼공주에게도 주님 사랑과 평화 가득하길 기도합니다.

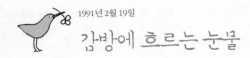

감방에 흐르는 눈물

설날 연휴 잘 지내셨는지요. 속절없이 떡국도 못 먹고 나이만 한 살 더 먹게 되었습니다. 종교방에서 물러나온 뒤로 주로 사색과 독서로 시간을 보내고 있습니다. 그동안 밀린 공부가 워낙에 많아서 여전히 바쁘게 생활하고 있습니다.

오늘 며칠 만에 신문을 펼쳐 들었다가 걸프 전쟁 소식을 보고는 오열을 터트리고 말았습니다. 미군의 미사일 공격으로 바그다드의 한 방공호가 파괴되어 어린이 91명을 포함하여 4백 명 이상의 민간인이 떼죽음을 당했다고 합니다. 기사를 읽는 순간 분노와 연민으로 온몸이 떨리면서 하염없이 눈물이 흘러 나왔습니다. 이 담에 세상에 나가 감옥 생활에 대한 감상을 엮은 글을 쓴다면 그 제목을 '감방에 흐르는 눈물'이라고 짓겠다는 생각을 했습니다.

저는 이 안에서 참으로 자주 눈물을 흘립니다. 광주 다큐멘터리를 읽다가 도청을 사수하는 한 나이 어린 고등학생의 유언을 들으며 눈물 흘리고, 서울구치소에서 사방이 벽으로 막힌 운동장에서 맴을 돌다가 건너편 사동에서 새된 소리로 외쳐 대는 여학생들의 구호 소리에 눈물 흘리고, 불우한 소년기를 보낸 어린 형제들에게 보인 작은 관심이 몇십 배의 사랑으로 되돌아올 때 눈물 흘리고…… 오늘 저는 흐르는 눈물을 닦을 생각도 아니 하고 마냥 생각에 잠겼습니다. '저 거대한 악의 세력을 어찌할 것인가. 저 거대한 악의 세력 앞에서 나는 무엇인가.' 그리고 기도하는 마음으로 이 편지를 씁니다.

미국인들이 전쟁하는 모습을 보면 너무 끔찍해서 무어라 표현해야 할지 모르겠습니다. 미국인들은 툭하면 베트콩의 잔악한 학살 같은 것을 예로 들며 자신들의 도덕적 우위를 주장하기도 하지만 이러한 주장에 자신들도 속고 있는 것을 알고나 있는지 모르겠습니다. 베트콩들은 그래도 손으로 저지른 범죄였지만 그들은 과학의 이름으로 인간을 포함한 환경 그 자체를 무로 돌려 버립니다. 이런 식의 파괴에는 비교고 뭐고 없습니다. 그들은 생명을 중히 여기기 때문에 그런 방법을 쓴다고 하는데, 세상에나! 미국 국적을 가진 생명만 보호받을 가치가 있고 나머지는 모두 죽어 없어져도 좋다는 건지요?

미국에서 보니 워싱턴 시내를 가로지르는 포토맥 강가에 썩은 고목들이 막 쓰러져 있었습니다. 왜 저런 걸 안 치우느냐니까 공용 녹지에 있는 풀 하나 나무 하나도 사사로이 뽑거나 꺾어서는 안 된다고 합니다. 그들의 그런 정신과 법이, 또 그렇게 보존된 자연환경이 몹시도 부러웠습니다. 그런 그들이 남에 나라에서는 야차와 같은 괴물이 됩니다. 베트남 전쟁에서 '호찌민 루트'라고 불리는 정글 속의 좁다란 오솔길을 없애려고 전쟁 당사국도 아닌 캄보디아의 정글에 제이차 세계대전 때 유럽 전역에서 터트린 폭약 총량보다도 많은 폭탄을 투하한 그들입니다.

이것이 미국식 전쟁입니다. 전장이 자기네 영토가 아니라고 해서 이렇듯 무자비한 전면적 파괴를 감행해도 좋은 것입니까? 단언하지만 만약에 전장이 백인들이 사는 지역이었다면 애초에 이런 식의 초토화 전략을 세우지 않았을 것입니다. 제가 분노에 떨었던 것은 바로 제국주의자들의 뿌리 깊은 인종주의적 편견과 이기주의 때문입니다.

"유색 인종 지역에서 마음껏 신무기를 시험하고 새로 개발한 약품을 실험하고 신개발 농약을 사용해 보자. 우리네 땅에는 모든 검사가 완전히 끝난 합격품들만 들여오자. 우리 백인들만이 그럴 능력과 자격이 있다!"

자매님은 혹시 아십니까? 한국 전쟁 당시 폭격을 담당했던 공군 책임자가 폭격을 끝내고 했던 말을.

"북녘에는 이제 더 이상 폭격의 목표물이 없다."

미국은 40년 전에 한국에서 했던 똑같은 말을 오늘 이라크에서 하고 있습니다. 더 이상 폭격 목표물이 없어질 때까지 계속 폭격하겠노라고.

오늘 이라크에 있었던 방공호 참사 사건은 빙산의 일각에 불과합니다. 지금 이 순간에도 무고한 이라크 국민의 머리 위로 자본주의의 검은 꽃이 비처럼 뿌려지고 있습니다.

신이여, 우리 약자들은 언제까지나 이렇듯 절대 악 앞에서 오들오들 떨고 있어야만 합니까! 무고하게 스러져 간 수많은 영혼의 안락과 거짓된 크리스천들의 진정한 회개를 기원하면서 이만 줄입니다. 항상 건강하십시오.

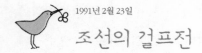

1991년 2월 23일

조선의 걸프전

　지금으로부터 2백 년 전 조선의 한 마을에서 일어났던 일입니다. 마을이 생긴 지 수백 년. 비록 크고 작은 여러 가지 일로 서로 다투기도 하고 때론 주먹다짐도 하지만 사람들은 조상 대대로 물려받은 토지 위에서 서로 협동하며 농사짓고 해마다 마을 어귀 서낭당에서 당제도 지내면서 그야말로 평화롭게 살고 있었습니다.

　이 평화로운 마을에 금이 가기 시작한 것은 어느 날 소리 없이 들어온 한 무당 때문이었습니다. 무당은 잠시 소란한 틈을 타서 마을 한구석에 신당을 하나 짓더니 그 안에 사천왕을 모시고 살기 시작했습니다. 나중에 이 사실을 알게 된 마을 유지들은 노발대발하며 무당을 쫓아내려 하였으나 의외로 무당은 완력도 셀 뿐 아니라 서쪽 마을에서 가져왔다는 맛나고 신기한 것들을 잔뜩 신당에 쌓아 놓고 마을 젊은이들을 유혹하는 바람에 쉽사리 쫓아낼 수가 없었습니다.

무당은 마을 유지들이 주춤하자 이제는 마음 놓고 온 마을을 돌아다니며 사람들을 사귀기 시작했습니다. 한번은 무당의 짓거리를 몹시 못마땅하게 여기고 있던 한 마을 청년하고 대판 싸움이 붙었는데 힘이 달린 무당은 도깨비같이 생긴 사천왕 친구들을 우르르 데리고 와서는 그 청년을 흠뻑 두들겨 팼습니다. 마을 사람들은 지금껏 살아오면서 그런 무지막지한 폭력은 본 일이 없었기 때문에 모두들 두려워하며 대문 안에 숨어서 훔쳐보기만 할 뿐이었습니다. 하지만 그렇게 두들겨 맞으면서도 끝까지 항복하지 않는 청년을 바라보며 속으로는 박수를 보냈습니다.

힘으로 청년을 완전히 제압했다고 생각한 무당은 그 이후 안하무인격으로 마을을 돌아다니며 주인 행세를 했습니다. 마을 사람들은 그 꼬락서니가 보기 싫었지만 무당이 원체 힘도 센 데다가 무당이 극진히 모시는 사천왕 패거리가 무서워서 속수무책으로 바라볼 뿐이었습니다. 어느 날 무당은 신당이 너무 좁다고 이웃에 사는 김씨와 박씨를 길거리로 쫓아내고 자기의 거처로 사용하기 시작했습니다. 마을 사람 모두가 분개했지만 도리가 없었습니다. 김씨와 박씨는 할 수 없이 식솔들을 데리고 이집 저집 돌아다니며 구걸하는 신세가 되었습니다.

일이 이렇게 되자 개중에는 무당이라는 강자에 빌붙어 실속을 차리려는 사람들이 생겼습니다. 그중에 가장 두드러진 이가 백씨와 구씨였는데 이들은 알부자로 소문이 났지만 가난한 마을 사람들을 외면하는 바람에 마을 사람들과의 관계가 그닥 좋이 않은 자들이었지요. 이들은 무당에게 접근하여 사천왕 패거리들과 사귀면서 온갖 맛나고 신기한 것들을 자기들이 다 해먹었습니다.

구씨의 옆집에는 사씨(史氏)가 살았는데 이 사람은 성질이 워낙에 괄괄한 데다 영웅적 기질이 있어서 좋아하는 사람은 아주 좋아하고 싫어하는 사람은 아주 싫어하는 그런 타입이었습니다. 사씨는 정의감 또한 남달라서 무당의 짓거리에 평소 눈살을 찌푸리고 있던 차에 겨우 몇십 년 전에 자기 집에서 땅마지기나 떼어 분가한 구씨란 놈이 사천왕 패거리와 어울리며 온갖 방탕을 저지르자 그 괄괄한 성격을 못 이기고 드디어 일을 내고야 말았습니다. 돈은 많지만 바싹 마른 구씨를 땅바닥에 패대기치고 구씨 집을 차지하고는 여기는 원래 내 집이었으니 다시는 얼씬도 하지 말라고 선언한 것입니다. 하루아침에 박씨와 김씨와 같은 처지로 내몰린 구씨는 하는 수 없이 자신의 유일한 구원자인 사천왕에게 매달리며 호소했습니다.

사천왕은 그동안 무당과 백씨, 구씨와 같은 협력자들을 통하여 마을에서 거둬들이는 수입이 짭짤했는데 난데없이 튀어 나온 사씨란 놈의 난동 때문에 모든 일이 수포로 돌아가게 되었으니 설사 구씨의 간청이 아니더라도 한번 사씨를 크게 혼내 줄 참이었습니다.

사천왕은 마을 사람들 눈총도 있고 하니 완력을 쓰기에 앞서 우선은 구씨 집에서 물러나라고 사씨를 점잖게 타이르는 척하였습니다. 그랬더니 방귀 뀐 놈이 더 화를 낸다고 사씨는 버럭 성을 내면서

"옛날에 무당 놈이 뺏어간 박씨와 김씨의 집을 도로 내주면 나도 내주겠다." 하며 뻗대었지요. 사천왕은 내심 '이놈 하고 말싸움 했다가는 오히려 내 구린 것만 더 드러날 뿐이니 이런 놈은 아예 주둥아리를 못 놀리게 박살을 내야겠다.' 고 결심하며 자기 패거리들과 함께 양손에 도깨비 방망이를 치켜들고 사씨 집으로 쳐들어갔습니다.

이야기는 일단 여기서 끝납니다. 짐작하시겠지만 이것은 지금의 걸프 전쟁을 빗대어 꾸민 이야기입니다. 사족 같지만 보충 설명을 하면, 처음의 마을 청년은 나세르를, 무당은 이스라엘을, 사천왕은 미 제국주의를, 쫓겨난 김씨와 박씨는 팔레스타인 난민을, 구씨와 백씨는 쿠웨이트와 사우디아라비아를, 그리고 사씨는 오늘의 주인공 사담 후세인을 각각 상징합니다.

이 이야기는 흔히 '나세리즘(Nasserism)' 이라고 말하는 아랍민족주의의 시각에서 쓴 것입니다. 만약 무당이나 사천왕의 입장에서 쓴다면 이야기가 사뭇 달라지겠지요. 우리도 역시 제삼세계의 일원이기 때문에 아랍민족주의의 입장에서 이야기를 꾸며 보았습니다. 중동 사태를 이해하시는 데 조금이라도 도움이 되었는지 모르겠습니다.

지금 이 순간 라디오에서 후세인이 크렘린의 평화안을 받아들여 무조건 철수를 결정했다는 뉴스가 들리고 있습니다. 그럼에도 미국은 가열찬 공격을 계속하고 있다고 합니다. 이 전쟁을 통하여 누가 전쟁광이고 누가 힘의 신봉자인지 분명히 알게 되었습니다. 하루빨

리 걸프 지역의 전쟁이 종식되어 공포에 떨고 있는 지역 주민들에게
평화가 깃들기를 기원합니다.

　날씨가 춥습니다. 감기 조심하십시오.

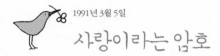

1991년 3월 5일

사랑이라는 암호

A : 원준아, 나가더라도 하느님을 잊고 살아서는 안 된다. 항상 하느님을 생활의 중심에 놓고 생각하고 행동하여야 한다.

B : 예, 맞아요. 저도 그건 확실히 알겠어요. 우연의 일치인지 모르지만 제가 밖에서 도둑질할 때도 하느님을 생각하면 그날 일도 잘 풀리고, 하느님을 생각 안 하면 영 일이 안 풀리고 했어요. 지난번 '샛별 모임'에서 신앙 경험 토론할 때 이 이야기를 할까 말까 하다가 남들이 우습게볼까 봐 그만두었지만 아무튼 저는 이런 일로 인해서 하느님이 있다고 믿게 되었어요.

A : ?!

한 형제와의 대화입니다. 저는 당시 이 형제에게 하느님이란 무엇인가에 대해 조리 있게 설명하지 못했습니다. 하느님의 존재를 조리 있게 설명한다는 것 자체가 벌써 모순인 것 같습니다. 유한한 존재인 인간이 무한한 것을 아무리 설명해 봐야 자신의 경험과 인식을 벗어나지 못할 테니까요. 하지만 인간의 의식·무의식 세계를 잘만 계발하면 거의 신성(神性)에 다다를 수 있음을 우리는 역사상의 성인이나 고승대덕을 통해 알 수 있습니다.

제가 지금부터 말하려고 하는 것은 이러한 지극한 경지가 아니라 우리가 흔히 접하는 일상에서 만나는 하느님입니다. 사실 엄밀히 말하자면 일상에 교묘히 숨어 있는 지극한 경지를 우리는 눈뜬장님처럼 지나쳐 버리고 하느님이란 초월적 존재를 무슨 엄청난 수행 끝에야 알아낼 수 있는 것으로 착각합니다.

공동체 교리에 따르면 하느님은 '체험'입니다. 단순한 체험이 아니라 '의미 있는 체험'일 때 하느님이 나타납니다. 사실 하느님은 언제 어디에나 계시고 우리는 하루 종일 갖가지 체험을 하지만 그 모든 체험에서 하느님을 만나지는 못합니다. 여기서 의미 있는 체험이란 바로 공동체 안에서의 사랑을 뜻합니다.

유명한 성서 구절, 요한1서 4장 7절에서 8절에 명백히 있습니다. "사랑하는 사람은 누구나 하느님을 압니다. 사랑하지 않는 사람은 하느님을 알지 못합니다. 하느님은 사랑이시기 때문입니다."

사랑을 떠나서는 아무리 노력해도 하느님을 알 수 없다는 말입니다. 가만히 음미해 보십시오. 하느님은 어디에고 계시지만 '사랑'이라는 암호를 통하지 않고는 결코 드러나지 않는다는 것을. 수도관에는 항상 수돗물이 흐르고 있지만 수도꼭지를 틀어야만 물이 쏟아지듯이, 사랑이라는 수도꼭지를 틀어야만 하느님이 쏟아지게 되어 있다는 말입니다. 문제는 사랑입니다. 이 세상에 사랑의 종류는 한이 없습니다. 흔히 사랑 하면 부모와 자식 간의 사랑 또는 연인들 간의 사랑을 떠올립니다만, 그것은 무한한 하느님의 사랑의 지극히 작은 일부분에 지나지 않습니다.

공동체 교리에서 말하는 사랑이란 공동체의 사랑을 의미합니다. 공동체 속에서 서로 섬기고 나눌 때에 사랑을 느끼고 그 가운데서 하느님이 나타납니다. 여기서 우리는 공동체의 범위에 대해서도 알아봐야 합니다. 공동체의 단위는 가장 작은 부부 공동체에서부터 가족 공동체, 마을 공동체, 신앙 공동체, 민족 공동체, 인류 공동체, 우주 공동체 등에 이르기까지 그 단위가 무한합니다. 우리는 이 다양한 공동체에서 이웃과 하느님의 사랑에 힘입어 유기적으로 관계 맺고 있습니다. 인간 대 인간의 관계뿐만 아니라 인간과 자연, 인간과 온갖 미물과의 관계에도 똑같이 적용됩니다.

예컨대 우리 이웃뿐만 아니라 주위의 자연환경을 아끼고 사랑한다면 그것이 바로 생명 공동체입니다. 성 프란시스코는 다미아노 성당을 지으면서 돌멩이 하나하나에 생명이 있는 것처럼 애정을 가지고 '노동'을 하였습니다. 여기서 생명 공동체의 본질을 깨달을 수 있습니다.

예컨대 하느님은 오로지 사랑을 통해서 나타납니다. 우리는 서로 나누고 섬기는 공동체 속에서 사랑을 통하여 하느님을 체험할 수 있습니다. 이러한 공동체적 사랑이 결여된 하느님 사랑은 우상숭배이거나 미신 또는 자기 최면에 지나지 않음을 도처에서 목격합니다. 서두에 밝힌 원준 형제의 하느님은 일종의 자의적(恣意的)인 하느님에 지나지 않음을 알 수 있습니다. 하지만 하느님을 알게 되는 데는 이러한 동기와 느낌이 대단히 중요합니다.

디냐 자매님의 하느님은 지금까지 어떤 분이셨는지 궁금합니다. 우리 모두 하느님 안에 한 자녀임을 고맙게 여기며 이만 줄입니다. 주님 안에 평화!

김성자 이냐시오 수녀님

디냐 자매님이 오셔서인지 아니면 수녀님들이 한꺼번에 여럿 오셔서인지 오늘 미사는 매우 활기차고 경건했습니다. 덕분에 다소 나태했던 며칠간의 마음 상태를 일소할 수 있었습니다. 하느님께 감사드립니다.

오랜만에 뵈었는데 뜻밖의 손님으로 인해 제대로 인사도 여쭙지 못했습니다. 죄송합니다.

오늘 오신 도미니카 수녀님은 물론 처음 뵙지만 제겐 너무도 반가운 분입니다. 제가 그렇게도 소식을 알고 싶어했던 김성자 이냐시오 수녀님의 부탁을 받고 오셨기 때문입니다. 김 수녀님은 그러니까 1986년 대전에서 정부의 분류에 따르면 소위 '미전향 좌익수' 시절 저를 영세로 이끈 은인과 같은 분입니다.

당시에 저는 엄청난 충격과 좌절로 심신이 몹시 암울했던 상태였습니다. 그때 대전교도소에 파견 근무 중이시던 김 수녀님께서 바쁘신 가운데에도 일주일에 한 번씩 찾아오시어 개별적으로 교리 교육을 해 주셨습니다. 저는 수녀님의 지극한 정성과 사랑으로 석 달 만에 속성으로 교리 공부를 마치고 그해 12월에 감격의 영세를 받았습니다.

그 후 저는 전향이라는 고통스런 절차를 밟고 역시 수녀님의 인도로 대전교도소 공소에서 레지오 단원이 되었습니다. 그리고 얼마 안 있어 안동으로 옮기게 되었는데 그때부터 연락이 두절되어 지금에 이른 것입니다. 그동안 수녀님의 소식을 알고자 알 만한 사람들에게 몇 번인가 수소문했으나 알 수가 없었습니다. 저녁 시간에 성직자를 위한 기도 중에는 꼭 김 수녀님을 떠올리고는 했는데 수녀님께서도 저를 잊지 않으신 것 같습니다.

오늘 도미니카 수녀님께서 과거에 한때 같이 지낼 적에 부탁을 받았노라며 소식을 주시는데 어찌나 반가운지요. 더군다나 수녀회의 책임을 맡아 몹시 바쁘신 분이 저 때문에 하루를 비우고 오셨다니 너무 감사했습니다. 보잘것없는 영혼을 위해 주님께서 이렇듯 사랑을 베풀어 주시니 더욱 고개가 숙여집니다.

디냐 자매님, 지난번 성물전시회 때 제가 보낸 묵주를 이제야 받으셨다면서요. 그것은 모두 손으로 깎아 만든 것입니다. 이곳에 무슨 변변한 도구가 있겠습니까. 거의 맨손으로 아주 원시적인 도구를 사용하여 오직 정성으로만 만든 것입니다. 아마 옛날 우리 선조 장인들이 그런 식으로 물건을 만들었을 겁니다. 아무쪼록 자매님 마음에 들었기를 빕니다.

　밤이 늦었습니다. 주님의 사랑 속에 편안한 밤 되시길 바라며 이만 줄입니다.

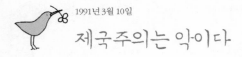

1991년 3월 10일

제국주의는 악이다

자매님의 짤막한 편지를 읽고 어쩐지 제 눈물에 대한 자매님의
이해가 일면적이지 않나 싶어 부랴부랴 다시 펜을 들었습니다. 저
로선 그 편지의 후반부에 눈물의 원인에 대해 나름대로 밝혔다고 생
각되는데, 자매님께선 제가 남다르게 인도주의적이고 또 감수성이
예민하여 생활에 묻혀 사는 자매님을 일깨워 주었다고 적었습니다.
더구나 그리스도께서 좋게 보실 것이라는 송구스런 말과 함께. 물론
그런 측면이 있는 것은 저도 인정합니다. 그러나 그에 못지않게 중
요한 측면을 말씀드리고 싶습니다.

이라크 국민의 몰살에 대한 저의 눈물은 두 부분으로 나누어져
있습니다. 하나는 무고한 죽음에 대한 연민과 애도의 눈물이고, 또
하나는 강자의 횡포에 대한 분노와 증오의 눈물입니다. 여기서 '강
자의 횡포'를 사회과학적 용어로 제국주의(帝國主義, imperialism)

라고 부릅니다. 이 두 가지는 서로 비례적 관계로 얽혀 있어서 제국주의에 대한 증오가 크면 클수록 약자의 수난에 대한 연민의 정도 더욱 커질 수밖에 없습니다. 때문에 저에 비해 제국주의에 대한 인식이 강렬하지 못하신 자매님께서 국외의 참사에 대해 반응이 무딘 것은 당연한 일입니다.

지금까지 제가 공부한 제삼세계의 역사는 한마디로 '제국주의 침탈사'라 할 수 있습니다. 제국주의 침탈은 항상 우수한 병기로부터 시작하여 토착 주민과 문화의 말살로 귀결하고 맙니다. 식민지 정복 당시 스페인은 멕시코에서 불과 백여 년 사이에 수천만의 원주민을 겨우 몇백만으로 줄여 버리는 급격한 인구 조절을 단행했으며 또 필리핀의 마닐라를 정복할 때에는 주민의 삼분의 일을 제거하고서야 통치권을 장악하게 됩니다. 먼 데 예를 들 것도 없이 일제 36년 동안 우리 민족은 오로지 일본 제국주의의 이익을 위해 수백만이 제물로 바쳐졌습니다.

오늘날 제삼세계에 일어나고 있는 숱한 지역 분쟁과 민족 분규, 전쟁 등은 제국주의의 직접적 침략뿐만 아니라 제국주의의 침탈에 의해 역사적으로 뒤틀어지고 일그러진 현지 주민들의 반목과 질시에 기인하는 것도 많습니다. 이번 걸프 전쟁은 이 두 가지 요인이 복합적으로 작용하여 일어난 것입니다.

이제 다시 눈물 얘기로 돌아가지요. 자매님께서 KAL기 사건 때나 아웅산 사건 때에 느꼈던 경악과 분노, 애통함은 분명 무고한 인명 그 자체의 죽음도 그렇지만 그것이 평소에 증오하던 '공산당의 만행'이라는 데에서 더욱 상승작용을 일으켰을 것입니다. 제가 느꼈던 비통함도 그와 같은 맥락에서 이해하시면 정확할 것입니다.

예를 들어 미국 뉴욕의 양키스타디움에서 프로야구 경기 중 스탠드가 무너져 수백 명이 깔려 죽었다는 소식을 들었다 합시다. 저는 아마 가벼운 한숨과 함께 "저런, 쯧쯧!"하고 지나쳐 버릴지도 모르겠습니다. 그러나 한국에 주둔 중인 한 미군이 지나가던 한국 여성을 겁탈하고 죽였다는 뉴스를 듣는다면 치를 떨며 욕을 해 댈 것입니다. 그것은 제가 한국인의 인명을 미국인의 그것보다 더 중히 여겨서가 아닙니다. 아니 오히려 저는 한국인만큼이나 개방적이고 친절한 미국인을 좋아합니다. 또 2백 년 역사를 가진 미국의 법치주의 전통을 부러워합니다. 저는 진정 미국의 풍요로운 자연환경과 그들의 건실한 시민 정신을 사랑합니다. 제가 미워하는 건 '미국인'이 아니라 그들의 '제국주의'입니다. 그것은 이 시대 모든 악의 근원입니다. 아니 악 그 자체입니다. 그렇기 때문에 저는 미국이 지상에서 어떠한 명분을 걸고 전쟁을 하든지 간에 그것은 '제국주의 지배를 관철시키기 위한 전쟁'으로 보는 것입니다.

똑같은 무고한 죽음을 두고 미국인의 죽음을 덤덤히 본다는 것은 제가 제국주의에 대해 피해 의식을 가지고 있다는 반증이 되겠지요. 아마도 제국주의의 죄악사가 계속되고 있는 한 이러한 피해 의식으로부터 자유롭기가 그리 쉽지는 않을 듯합니다.

사실 제국주의란 낱말은 이 나라에서 오랫동안 금기시되는 말이라 읽기에 다소 껄끄러웠으리라 봅니다. 하지만 정치적 이유로 갇혀 있는 저를 이해하는 데 도움이 될 것 같아 몇 자 적어 보았습니다.
　건강 돌보시며 평안한 하루 되시길 바랍니다.

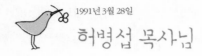

1991년 3월 28일

허병섭 목사님

오늘은 성스러운 목요일, 최후의 만찬 날입니다. 자신의 살과 피를 제자들에게 나누어 주고 혼자 겟세마네 동산에 올라가 피를 토하듯 기도하시는 예수님을 생각해 봅니다. 예수님의 삶을 한마디로 줄이면 '나눔'인 것 같습니다. 자신의 모든 것을 남을 위해 나누어 주는 것, 소유와 축적과 소비를 미덕으로 삼는 사회에서 참으로 지난한 일이 아닐 수 없습니다.

어제 〈생활성서〉 3월호를 읽다가 평소에 존경하는 허병섭 목사님 기사가 나왔기에 좀 보았습니다. 남을 위해, 특히 가난한 이들을 위해 자신의 모든 것을 버리신 것이 시대를 격하여 살아 계신 예수님의 행적을 보는 것 같습니다. 자기 가정도 버리고 심지어 목사직마저 버렸습니다. 오직 가난한 이들과 하나 되기 위해!

이분을 보면 감화력이 무엇인지 알게 됩니다. 인기 있는 강사나

유명한 목회자들의 연설은 수많은 청중들을 흥분시키고 때로 감동에 목이 메게 만들지만 그것이 감화로까지 이어지는 일은 드뭅니다. 감화력은 철저한 자기 헌신과 '비움'에서 비롯되는 것 같습니다.

웬만한 세상일쯤이야 X으로 뭉개 버리는 그악스런 자들이 허 목사님을 만나고 나서는 전혀 새사람으로 변모하는 것을 보면 대단한 감화력이라 하지 않을 수 없습니다. 《어둠의 자식들》을 쓰고 지금은 국회의원이 된 이철용 씨나 《노가다판의 망나니들》이란 책을 쓰고 일용노조 일을 하고 있는 허재호 씨 등 모두 허 목사님을 만나기 전까지는 악만 남은 생의 패배자들이었습니다. 이들의 책이 우리 사회에 던진 파문을 생각할 때 허 목사님의 성화 능력을 단지 개인의 행위에 국한해 볼 수는 없다고 봅니다. 이 두 책은 모두 욕설로 시작해서 욕설로 끝나는데, 그 우악스런 표현 아래 흐르고 있는 소외되고 짓밟힌 자들의 건강한 생명력이야말로 이 시대에 새롭게 살려야 할 사회 발전의 동력이라고 봅니다.

스스로 가난해지기 위해 자신의 모든 것을 버리고 자기의 존재마저 부정한 허 목사님은 혼탁한 시대에 꺼지지 않는 등불로 남아 있을 것입니다.

다음 주(4월 4일)와 그 다음 주에 교리 퀴즈 예선과 결선이 있습니다. 제가 문제를 내는데 형제들에게 참다운 공부가 되게끔 하기 위해 어떻게 문제를 내야 할지 고심 중입니다. 단답식으로 해봐야 결국 암기 경쟁에 지나지 않을 테고 그렇다고 여럿이 순발력을 다투는 퀴즈에서 주관식 질문이나 OX 문제를 낼 수도 없고. 현재 생각으로는 예선은 단답식으로 하고 결선은 출전자들에게 미리 문제와 범위를 알려 나름대로 공부를 하게 한 뒤 이해력 중심으로 좀 어렵게 출제하고자 하는데 형제들에게 다소 무리가 되지 않을지 모르겠습니다.

봄이 이미 문지방을 넘어섰습니다. 대청소는 하셨는지요? 건강한 나날 맞으십시오. 주님 안에 평화!

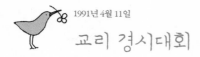

교리 경시대회

　오늘 드디어 교리 경시대회를 마쳤습니다. 피곤한 몸을 벽에 기댄 채 충만한 기분으로 보고 드립니다.

　대회에 출전한 형제들도 최선을 다했고 저 역시 있는 능력을 다 짜 보았습니다. 어제 그제 이틀 동안 문제를 작성하느라 고심했더니 눈이 몹시 따갑습니다. 출전 형제들의 공부 수준에 맞추자면 객석의 형제들에게 교육 효과가 적고 또 그 반대로 객석의 이해를 고려해 쉽게 내면 게임이 지나치게 단순해져 순발력 싸움이 될 것 같고 하여 난이도의 수준과 교육 효과를 배려하느라고 고민을 많이 했습니다. 이번 대회는 단순히 묻고 답하는 게임이 아니라 그 과정을 통해 출전자와 객석이 함께 교리 지식을 이해하는 한마당이 될 수 있도록 노력하였지만 형제들이 어떻게 느꼈는지는 아직 잘 모르겠습니다.

　교재는 자매님이 보내 주신 《천주교 교리》를 중심으로 하였는데 책이 워낙 작아 대부분 그 책을 깡그리 외우다시피하여 '아' 하면 '어' 할 정도가 되어 버렸습니다. 그래서 암기 위주로 공부한 사람이 불리하도록 다소 이해력을 요구하는 주관식 문제도 섞었지요. 결과는 역시 종교방에 가장 오래 살아온 형제가 1등을 하더군요. 그리고 예상대로 책을 기계적으로 딸딸 외운 형제들은 등수 안에 들지 못했습니다. 하지만 그들은 가톨릭에 입문한 지 얼마 되지 않은 형제들로서 그 열의와 노력이 경탄스럽기만 합니다. 아무래도 심오하고 미묘한 교리의 맛을 이해하려면 세월이 더욱 필요하겠지요?

오늘 신부님께서 정기검진 관계로 오시지 않아 다소 김이 빠졌지만 두 분 수녀님과 두 자매님의 참관으로 기운을 낼 수 있었습니다. 어쩌면 우리 형제들은 수녀님이 지켜보고 계시다는 그 사실 하나만으로도 그토록 열심히 하는지도 모르겠습니다. 이곳의 생리, 그 생동과 의기소침은 대개 외부의 관심에 달려 있지요.

신부님이나 자매님들은 우리가 이렇게 관심을 보여 주는데 왜 가톨릭 신자가 타 종파에 비해 적으냐며 가끔 의문을 표시하기도 하지만, 한정된 소수의 동원력과 다원적인 다수의 동원력은 비교가 되지 않습니다. 가톨릭은 어쩔 수 없이 조직의 순수 · 정예 · 독립적인 특성으로 우리나라에서 소수 종파로 남아 있을 수밖에 없는 것 같습니다. 사실 신부님께서는 지난번 부활 미사를 몹시 의욕적으로 준비하셨습니다. 제가 보기에도 수년 이래 가장 성대한 물적 · 인적 동원이었습니다. 그러나 소 측의 비협조와 형제들의 어수선함으로 — 이들은 대개 비신자들입니다 — 몹시 실망하고 돌아가신 것 같습니다.

자매님의 자녀들에 대한 세심한 배려가 참 좋습니다. 자매님께서 설명하신 것처럼 관심의 표현으로써 신체 접촉은 어린이들뿐 아니라 인간관계에서도 아주 일반적인 원칙인 것 같습니다. 저도 그와 똑같은 경험을 이곳에서 하고 있습니다. 하루 작업을 마치고 사동에 돌아올 때 단순히 고개만 끄덕거리며 안부 인사를 하는 것보다 손을 잡든가 가볍게 안으면서 하루 일과를 잘 지냈는지 묻는 것이 얼마나 상대방의 눈빛을 보드랍게 만들어 주는지 모르겠습니다. 서로 대화를 나눌 시간을 갖지 못해 답답해하면서도 한 번씩 잡아보는 손이나 어깨동무가 수많은 말을 나눈 것보다 더 깊은 친근감을 느낄 때가 있습니다.

그리고 오늘 황건일 씨가 자매님이 보내 주신 영치금을 받고 몹시 기뻐하는 모습을 보았습니다. 감사의 편지라도 하고 싶어 하시는데 어떨지 모르겠습니다.

날씨가 몹시 포근해졌습니다. 햇볕 잘 드는 창가에 칼라나 아마릴리스 같은 화분을 모셔 놓는 것도 봄기운을 더욱 화려하게 할 것입니다. 주님의 평화 속에 건강하십시오.

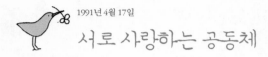

서로 사랑하는 공동체

그러니까 5년 전쯤입니다. 제가 영세를 받기 전이지요. 당시 아내는 저의 구속으로 자신이 하던 일이 중단되자 안타까움으로 만나기만 하면 푸념과 하소연이었습니다. 아내는 어찌 보면 남편의 구속보다 그로 인한 자신의 파멸에 더 몸서리치고 있었지요. 그녀의 꿈을 이루자면 견실한 후원자를 만났어야 하는데 저와 같이 엉뚱한 사람을 만났으니 말입니다. 결혼하고 이런 상황이 벌어졌으니 저로서는 입이 열 개라도 할 말이 없었습니다.

저는 그녀가 자기중심적 소우주에서 벗어나 민중의 바다 속으로 뛰어들어 고통받는 자들과 함께하는 삶을 추구하길 바랐지요. 그리고 그 길은 '믿음'을 통한 자기 변화밖에 없다고 생각했습니다. 당시에 저는 무기징역을 선고받고 성서 읽기에 몰두하고 있었는데 그녀가 면회 오기만 하면 마태복음 6장 31절에서 35절을 외워 읊으며 하느님 믿을 것을 종용하였습니다.

아내는 제게 오로지 돈과 자유를 요구하였는데 저는 늘 "먼저 하느님을 믿어라 그러면 나머지 것들은 다 이루어질 거다"라고 대답했습니다. 결국 그녀는 하느님을 믿지도 않았거니와 숱한 고생 끝에 엉뚱한 방법으로 자신의 의지를 관철시켰습니다.

돌이켜 보건대 당시 저의 성서 이해 수준은 참으로 보잘것없었습니다. 먼저 하느님 믿을 것을 종용하는 것부터 틀려먹었고 그러한 상황에서 들이댄 성서 구절조차도 적합하지 않았습니다. 더군다나 '하느님의 나라'를 '하느님'으로 알고 있었으니.

나중에 살펴보니 예수님은 복음서를 통해 한 번도 하느님 믿을 것을 종용한 일이 없더군요. 단지 '하느님 나라'의 도래를 선포했을 따름입니다. 스스로 하느님 나라를 전혀 이해하지 못한 채 콩 달라는 사람에게 팥을 들이밀었으니 일이 제대로 될 리가 없었지요.

하느님 나라는 우리가 세상을 마치고 안주하게 되는 그런 곳이 아닙니다. 만약 예수님께서 그런 것을 설파하고 다녔다면 당시의 지배 계층으로부터 민중 선동가라는 죄명을 뒤집어쓰고 죽어 갔을 리가 없지요. 뼈 빠지게 고생하며 살다가 죽어 천당 간다는데 굳이 간섭할 게 뭐 있겠습니까? 당장에 먹을 것, 입을 것이 없는 사람에게 그런 것 걱정하지 말고 하느님 나라를 구하라고 하면 누굴 약 올리느냐고 얻어맞기 십상입니다. 그 당시 아내도 이런 제 말에 한없는 절망감을 느꼈을지 모릅니다.

하느님 나라란 서로 사랑하고 나누는 공동체를 말합니다. 오병이 어(五餅二魚)의 기적은 바로 나눔의 기적입니다. 공동체 속에서 서로 사랑하며 나누는 가운데 세속의 구차스런 물질적 요구나 명예 따위가 저절로 해결된다는 뜻이지요. 그러므로 예수님이 하느님 나라를 선포하고 그것을 건설하다가 돌아가셨다는 것은 지상에 살아남은 제자들의 할 일이 무엇인지를 분명히 알게 합니다. 하느님 나라는 말세에 나타날 결과로서의 낙원이 아니라 이 지상 생활 한가운데에 세워야 할 하느님의 지배인 것입니다.

그러므로 우리 내면에 있는 악의 세력뿐만 아니라 우리를 지배하고 있는 이 사회의 사악한 질서에 대해서도 전면적인 투쟁을 벌여야 합니다. 그리고 그 투쟁의 도구는 바로 '서로 사랑하는 공동체' 입니다. 우리는 이 공동체를 실현하는 과정을 통해 인격적으로 완성되고 하느님과의 일치를 맛보는 것입니다. 하느님 나라는 예수님께서 그 씨를 뿌리신 이래 마치 겨자나무와 같이 꾸준히 성장하고 있으며 결국 역사의 종말에 비로소 완성될 것입니다.

그렇다고 하여 우리가 결코 하느님 나라의 완성을 보지 못하고 죽는다는 것이 아닙니다. 여기서 종말이란 시간 선상의 종말이 아니라 이 세상을 포함하고 있는 다른 차원의 세계, 어쩌면 몸으로 부활하신 예수님이 살아 계시는 세계를 말합니다.

"세속적 자아의 죽음, 공동체에서의 부활, 하느님 나라의 완성"

예수님께서 공생활(세례자 요한에게 세례를 받고 십자가에 못 박혀 돌아가시기까지 3년)을 통하여 우리에게 가르쳐 주신 바는 이 세 마디 말로 간추릴 수 있습니다.

지면이 다 되어 좀 더 미묘한 문제들은 다음에 다루도록 하겠습니다. 건강하시길.

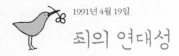

죄의 연대성

교리반에 '기석'이라는 깐돌이같이 생긴 귀여운 형제가 있습니다. 이 형제는 장난도 잘 치고 엉뚱한 질문으로 사람을 당황하게 하는 데 취미를 가지고 있습니다.

한번은 교리 시간에 창세기 내용을 가지고 마치 초등학생 같은 질문을 계속해 대는 바람에 진도를 전혀 못 나간 적이 있습니다. "선생님, 에덴동산이 어디 있어요?" "아담과 이브가 사과를 따 먹어서 원죄가 되었다고 하는데 정말 그런가요?" "왜 원죄는 자손한테 유전되나요?"

이런 소나기 같은 질문에는 누구라도 당황하게 마련이지요. 그렇다고 일언지하에 창세기는 신화이니 곧이곧대로 믿지 말라고 말하는 것은 무책임하기 짝이 없고요. 예전엔 성서는 절대 진리이므로 창세기의 내용에 대해 감히 의문을 품는 것은 꿈도 꾸지 못했습니다. 그러나 현대 과학 교육을 받은 요즘 사람들에게 창세기를 그대로 들이미는 것은 마치 날옥수수를 들이대는 것처럼 생경합니다. 특히 원죄의 문제는 신학상으로도 논란이 그치지 않는 문제이더군요.

오늘은 공동체 교리에서 원죄를 어떻게 보고 있는가를 알아보겠습니다. 먼저 죄가 후손에게 유전된다는 것은 아무리 이해하려고 해도 곤란합니다. 아마 예전에는 이런 잘못된 관념으로 역적의 집안은 대대로 역적이라는 끔찍한 인간 차별이 정당화되었는지도 모르겠습니다. 물론 엄밀히 보자면 죄를 지은 집안의 환경 때문에 그 자손이 어느 정도 영향을 받는 것은 사실이지만 그것을 가지고 유전이라 말하기에는 무리입니다.

죄가 유전이 아니란 점이 명확히 되었으면 이번에는 최초로 죄를 지은 아담이 누구냐는 것을 밝혀야 합니다. 성서학자들의 연구에 따르면 아담은 그냥 '사람'의 대표 명사라고 합니다. 그러므로 아담의 원죄는 즉 시간에 관계없이 '사람이 지은 죄' 또는 '내가 지은 죄'가 되는 것이지요.

성서에서 죄는 자유의 남용에서 비롯됩니다. 온갖 인간들이 자유를 남용함으로써 갖가지 죄를 짓는데 이것이 역사적으로 쌓이고 사회적으로 얽혀서 '죄의 연대성'을 이룹니다. 이것을 구분하면 마음의 죄와 세상의 죄가 있는데, 전자는 칠죄종(七罪宗)에서 나오는 것이며, 후자는 이 마음의 죄가 세상에 표현되어 서로 얽힘으로써 구조적인 악이 되어 버린 것을 말합니다. 이러한 일반적인 죄의 현실을 원죄라고 하는데, 이 속에서는 개인의 행위와 관계없이 죄에 물들게 됩니다. 가령 순진한 어린이의 에이즈 감염이나 교통사고 같은 것은 바로 이런 죄의 현실에서 자신의 악행과 관계없이 일어나는 것이지요.

병이라는 것도 자세히 살펴보면 개인을 둘러싼 사회 전체의 죄의 현실이 특이하게 발현된 것으로 볼 수 있습니다. 온몸으로 받는 스트레스가 신체 특정 부위에 특정 질병을 유발하는 것이 좋은 예입니다. 그래서 예수님은 질병을 고쳐 주시면서 "네 죄는 용서받았다." 라고 말씀하신 것 같습니다. 아직도 아시아나 아프리카 전통 사회에서는 병에 걸리면 무당이 죄의 상징인 마귀를 쫓아냄으로써 치료를 하는데 이것은 이 원리를 주술적으로 발전시킨 것으로 보입니다.

우리가 몸담고 있는 이 사회는 죄의 연대성 위에 놓여 있습니다. 그러므로 우리는 태어나면서부터 바로 죄의 현실 속에서 마치 공기를 들이마시듯이 죄를 호흡하고 있는 셈이지요. 이것이 우리 마음에 있는 일곱 가지 죄의 뿌리 ― 교만, 탐욕, 탐심, 게으름, 욕정, 질투, 분노 ― 와 만날 때 죄를 범하게 되는 것입니다. 이상을 정리해 보면 우리가 숨 쉬고 있는 죄의 현실이 원죄(原罪)이며, 이로부터 파생된 죄의 행위가 본죄(本罪)입니다.

우리가 예수님을 구세주라고 부르는 이유는 바로 이러한 피할 수 없는 죄의 현실로부터 벗어날 수 있는 길을 가르쳐 주셨기 때문입니다. 개신교의 일부 속된 신자들은 무조건 그리스도를 믿음으로써 구원받는다 하지만 그것은 스스로 지어낸 우상이기 쉽습니다. 죄의 현실을 극복하는 길은 예수님의 죽음과 부활로 우리에게 제시되었습니다. 그것은 다시 말해 세속적 자아의 죽음과 공동체 안에서의 부활을 뜻합니다. 예수님이 제자들과 이루었던 공동체를 지금 이 자리에서 구현하는 것입니다. 공동체를 이루어 물질을 서로 나누고, 서로 용서하며 섬길 때에 구원받을 수 있습니다.

어느덧 지면이 다 되었습니다. 이 편지가 계속되는 동안에 더 깊은 논의가 필요하다고 생각되는 것이 있으면 알려 주십시오. 같이 생각해 보아요. 주님 안에 평화!

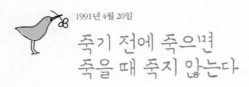

죽기 전에 죽으면
죽을 때 죽지 않는다

지난번 교리 경시대회 때 교재로 사용했던 박도식 신부님의 《천주교 교리》에 보면 "죽음이란 육체와 영혼의 분리를 뜻한다."라고 되어 있습니다. 지금까지 전통 교리에서는 육체의 죽음은 원조가 죄를 지었기 때문에 찾아온 형벌이며, 또 사람이 죽으면 육신은 죽고 영혼은 그대로 남아 존속하다가 나중에 다시 육체와 결합하여 부활한다고 가르쳐 왔습니다.

이것은 명백히 잘못된 가르침이며 사실은 거의 모두를 거꾸로 이해하여야 합니다. 즉 "육체의 죽음은 축복이다. 육체와 영혼은 결코 분리될 수 없다. 그러므로 나중에 다시 결합되는 일도 없다."라고 말입니다.

세상의 모든 피조물은 유한한 생명을 가졌습니다. 그것이 하느님께서 만드신 이 세상의 질서입니다. 하느님 스스로 생명을 유한하게 만드셨는데 인간이 원죄 때문에 죽는다는 것은 말이 안 됩니다. 원죄의 '피할 수 없음'을 '피할 수 없는 죽음'과 연결시킨 것에 지나지 않습니다.

죽음이 없으면 이 세상은 더욱 끔찍할 것입니다. 오히려 죽음이 있기 때문에 삶은 더욱 의미가 있는 것입니다. 죽지 않는 사람에게는 중요한 것이 없지만 죽어야 할 사람에게는 모든 것이 다 소중합니다. 삶과 죽음은 단순한 대립이 아니라 서로 영향을 주고받는 살아 있는 대칭 관계입니다. 어떻게 살았는가가 죽음의 의미를 결정하기 때문이지요. 그러므로 이 둘 가운데 삶이 더욱 결정적이라고 보아야겠습니다.

공동체 교리는 내세지향이 아니라 현세와 내세를 통일적으로 파악하되 내세를 결정하는 요소로 현세의 삶을 더욱 중요시합니다. 지난날 부조리한 현실 속에서 내세의 복락과 마음의 평화만을 추구하던 신앙 형태는 결국 무신론자들에 의하여 '종교는 인민의 아편'이라는 낙인을 받고야 말았습니다. '현세에서 하느님 나라의 건설'이라는 예수님의 절대적 가르침을 방기하는 신자들에게 그러한 낙인은 백번 타당한 것입니다.

지난번 '영원'에 대해 이야기할 때 잠시 비쳤지만 내세의 복락이나 영원한 생명 등은 오직 죽어서야만 성취되는 것이 아니라 살아 숨 쉬는 바로 여기서도 '선취'될 수 있습니다. 믿는 이에게 죽음이란 영원한 생명으로의 초대입니다. 우리의 믿음이 충분히 클 때, 죽음보다도 더 클 때 죽어서야 일어나는 사건이 살아생전에도 일어날 수가 있는 것입니다. 죽음을 초월한 믿음을 가졌다는 것은 바로 세속의 자아가 죽었다는 뜻입니다. 그러므로 "죽기 전에 죽으면 죽을 때 죽지 않는다."라는 요상한 문구가 성립합니다. 진정한 그리스도의 제자라면 현세나 내세의 복락을 간구하기에 앞서 자신을 먼저 죽여야 합니다. 그러고 나서 십자가를 짊어지고 예수님을 뒤따라야 합니다.

다음에 영육의 분리에 대해 잠시 언급하지요. 성서의 전통에 따르면 분명히 생명이란 현상은 영육으로 하나이며 떼어 놓을 수도 없고 따라서 새로 결합될 수도 없는 것입니다. '영육이원론'과 '영혼불멸설'은 중동 지방에서 태어난 그리스도교가 희랍의 철학 체계를 빌려 교리화하면서 생겨난 것입니다. 이원론으로서는 결코 예수님의 행적과 부활을 올바로 설명할 수 없습니다. 오히려 이원론은 사람들을 영적 혹은 육적으로 왜곡되게 만들고 잘못하면 영적 광신주의에 빠지게 합니다. 죽음은 온전한 사람인 영육, 즉 몸에게 닥치는 것이지 죽음을 견디어 내고 지속하는 어떤 영적 존재는 없습니다. 우리가 살고 있는 이 세상에서 육을 떠난 영이란 따로 존재하지 않습니다. 영육, 바로 몸이 있을 뿐입니다. 이것은 사람만이 아니라 하찮은 미물이나 무생물에게도 똑같이 적용됩니다.

그리고 사후의 세계에 대해서는 잘 모른다고 대답하는 것이 솔직한 답이 됩니다. 우리가 할 수 있는 일은 최선을 다해 살고, 죽은 뒤에는 하느님께 온전히 그 처분을 맡기는 것뿐입니다. 다만 성서를 통해 알 수 있는 것으로는 부활이란 현세와는 다른 차원에서 완전히 새로운 '몸'으로 다시 살아나는(창조되는) 것입니다. 성서에서는 이 몸을 '영적인 몸'(1고린 15: 44)으로 표현하고 있습니다. 그러나 새로운 몸은 여전히 '현세의 몸'의 총체적 결과입니다. 그러므로 우리는 부활 때의 몸을 위해서라도 현세의 몸을 함부로 굴릴 수가 없습니다.

이 '몸'이라는 새로운 단어를 주목해야 합니다. 그것은 단지 눈에 보이는 형태뿐만 아니라 사람들과의 관계의 총합으로서의 의미, 그리고 시간과 공간 속에서 주위와 상호작용하며 생활하는 구체적인 사람의 의미를 모두 포함하고 있습니다.

아침 햇살이 눈부십니다. 건강하십시오.

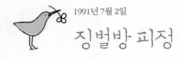
1991년 7월 2일
징벌방 피정

반갑습니다, 디냐 자매님!

두 달간 잠시 피정 다녀오느라 소식 전하지 못했습니다.(소 내에서 벌인 정치적 난동 사건으로 두 달 동안 징벌방에 갇혀 있었음) 걱정하셨을 줄 압니다. 저는 몸도 마음도 건강하고 평화롭습니다.

매일 기도 중에 뵙고 있었기 때문에 그렇게 서먹한 기분은 들지 않는군요. 하지만 오랜만에 잡은 볼펜이 제멋대로 나가려고 합니다.

저로선 영세 후 처음 맞이하는 피정이었습니다. 처음에는 고통과 초조와 무료함으로 낯선 시간들을 보내야만 했습니다. 하루에 로사리오를 열다섯 단씩, 환희, 고통, 영광의 신비를 모두 바쳤습니다. 그리고 계속 명상 호흡.(로사리오(묵주)는 구슬이 열 개씩 다섯 묶음으로 되어 있어 한 바퀴 돌리면 기도문을 50번 외우게 되는데 이것을 1단이라고 한다. 묵주기도는 예수님의 생애를 모두 3개의 신비로 나누어 묵상하며 드리는데

'환희의 신비' 5단, '고통의 신비' 5단, '영광의 신비' 5단으로 되어 있어 이 모두를 드리면 15단이 된다.)

귀중한 경험을 하였습니다. 밖에서 작업하고 공부하고 할 때는 하고 있는 일 때문에 미처 느끼지 못했는데, 방안에 갇힌 채로 아무 것도 없이 맨 몸뚱이로 하루 종일 앉아 있으니 인간의 본능이 꾸역 꾸역 기어 나옵니다. 마구 먹고 싶고, 삿된 생각들이 시도 때도 없이 떠오르고, 잊어야 할 사람이 눈앞에 아른거리고, 그리고 무엇보다도 세상의 누구 하나 제게 관심을 가져 주지 않는다는 소외감에 떨었습니다. 이렇게 평소에는 몸속 깊숙이 숨어 있던 본성들이 삶의 고리가 툭 하고 끊어지자 마구 뛰쳐나오는 것이었습니다.

흙탕물을 컵에 담아 놓아두면 다시 맑은 물이 되듯이 기도와 명상으로 극복했습니다. 어두운 데 있다 나와서 그런지 갑자기 세상이 더욱 밝고 평화롭게 보입니다. 두 달은 좀 길지만 적어도 1년에 한 번은 피정을 다녀오는 게 좋다는 생각이 듭니다. 다행히 중간에 성서를 볼 수 있었습니다. 구약은 못 보고 마침 2백 주년 기념 신약성서(직역판)가 들어와서 오랜만에 통독했습니다. 그동안 〈매일 미사〉나 다른 잡지, 참고 서적에서 접했던 토막 난 성서 구절이 통독을 통해 신선한 충격으로 다가왔습니다. 번역이 조금씩 달랐지만 내가 신약에 대해 이렇게 무지했나 하고 놀랐습니다.

통독을 통해 느낀 것은 성서의 배열이나 내용들이 대단히 치밀하게 구성되고 또 쓰였다는 사실입니다. 다른 하나는 어떤 한 구절의 의미를 전체적 맥락 속에서 이해할 수 있다는 점입니다. 언젠가 한 개신교 신자가 — 조금은 광적으로 보이는 — 속독법 공부를 열심히 하기에 그걸 왜 하느냐고 물었더니 적어도 1년에 성서를 서른 번은 통독하려고 한다고 해서 고개를 갸웃거린 적이 있습니다만, 시간만 허락한다면 피정 때 한 번씩 통독하는 것도 바람직합니다.

하느님께서는 참으로 오묘하십니다. 저 자신은 전혀 생각지도 못했던 발견과 기쁨을 고통 중에 주시니. 덧붙여 신앙의 성숙이란 것이 얼마나 멀고도 먼 길이란 것을 어렴풋이 알게 되었습니다. 마치 A B C를 알게 되어 기뻐하다가 온갖 단어가 뒤죽박죽되어 있는 영어책을 들춰 보고는 한숨 쉬는 중학생과도 같은 기분입니다. 겸손하게 한 발 한 발 정진해야겠지요.

제 얘기만 하다가 디냐 님의 소식도 못 물어 봤습니다. 뒤늦게 짧은 편지 받았습니다. 무언가 답답한 일거리가 있었던 모양입니다. 잘 풀리어 지금쯤은 가족과 즐거운 시간을 보내고 계실 줄 믿습니다. 지난번에는 제가 좀 무리를 해서 공동체 교리를 정리했습니다. 아주 오랫동안 연락이 아니 될 줄 알고. 앞으로 좀 더 시간을 갖고 천천히 이야기를 나누고 싶습니다. 그동안 느꼈던 것이 많지만 벌써 지면이 다 되어 가네요.

건강 조심하시고 댁내 두루 평안하시옵길 바랍니다.

Peace Be With You!

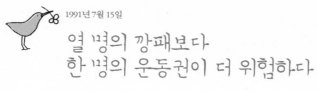

열 명의 깡패보다
한 명의 운동권이 더 위험하다

비가 억수로 내립니다. 오늘도 몸이 천근같이 무거운 게 곧 몸살이라도 날 것 같습니다. 엊그제 오랜만에 갑자기 격렬한 운동을 하였더니 몸에 무리가 간 것 같습니다. 게다가 간밤에 흉몽을 꾸었더니 기분이 말이 아닙니다. 어제 한 재소자로부터 요즘 밖에서 활개치는 폭력배들의 무자비한 폭력 행위들을 자세히 전해 듣고 밤에 꿈을 꾸었는데 온몸에 땀이 날 정도로 기분 나쁜 꿈이었습니다.

나이 어린 조카와 외출 나갔다가 깡패들에게 걸려 어린 조카가 칼에 맞았는데 그것을 막다가 저도 손에 엉망진창으로 칼 도륙을 당했습니다. 다른 한 손으로 조카를 안고 병원을 찾았더니 웬 피투성이 여자들이 치료를 받으려고 줄을 나란히 서 있었습니다. 그 끔찍한 몰골들이란! 보아하니 거의 성폭행 피해자이거나 낙태 수술을 기다리는 것 같은데. 수술대 밑으로 잘린 신체의 일부가 피범벅이 되어 널브러져 있는 가운데 다친 아이와 함께 장사진의 줄 끝에 서서 안절부절못하다가 깨어났습니다.

근래에 이렇게 흉악한 꿈은 처음입니다. 그동안 이 안에서 그야말로 오리지널 깡패들의 경험담을 많이 들었습니다. 한마디로 어처구니가 없고 몸서리쳐집니다. 사회가 이렇게 폭력에 시달리면서도 견뎌 내는 것을 보면 신기할 정도입니다. 이젠 폭력의 수위가 워낙 높아져서 웬만한 폭력쯤은 눈 하나 깜짝 않게 되었습니다.

신문지상에서 운동권 학생들의 폭력성을 매도하고는 했지만 그것은 진짜 폭력(수사기관의 폭력, 깡패들의 폭력 등)에 비하면 애교에 가까운 것입니다. 정치하는 사람들이 정치적 필요에 의해 부각시켰을 뿐입니다. 저는 이곳에서 폭력이 더욱 증폭하면서 악순환하는 과정을 지켜보며 절망감에 사로잡히곤 합니다. 폭력 방지를 위한 새로운 법을 제정하고, 흉악범을 위한 특수 시설을 새로 세우고 형량을 높이지만, 그에 비례하여 폭력배들은 더욱 늘어나고 조직화하고 흉포해집니다. 그리고 이제는 아예 사무실까지 차려 놓고 일본 야쿠자처럼 기업화하고 있습니다.

한때 전두환 전 대통령은 군인들을 동원하여 그야말로 옥석을 가리지 않고 무자비하게 이들을 소탕한 적이 있었지요. 하지만 그 결과가 오늘의 현실입니다. 수염을 깎으면 더욱 잘 자라듯이 이들도 사회의 변화와 유행에 민감히 적응하면서 세력을 키워 나갑니다. 범죄와의 전쟁은 완전히 실패입니다. 이것은 단순히 공권력이 전쟁을 선포한다고 해서 척결될 문제가 아닙니다. 공권력을 아무리 동원해야 그들의 수고는 도마뱀 꼬리 자르기에 그치고 맙니다. 전쟁이 선포되자 이들이 뭐라 하는지 아십니까? 소나기가 올 때는 잠시 처마 밑으로 피하는 것이 순리라고 합니다. 권력의 속성을 너무나 잘 알고 있었습니다. 여기서 처마 밑은 사회적 은신처일 수도 있고, 심지어 교도소일 수도 있습니다.

폭력이 활개 치는 사회 환경을 정화하지 않고는 어떠한 노력도 헛수고가 됩니다. 전쟁 선포 따위는 실상 정치적 제스처에 지나지 않습니다. 정부는 이러한 노력을 기울이기보다는 오히려 대부분의 에너지를 운동권 박멸에 소모하느라 여념이 없는 것 같습니다. 어쩌면 정부 관계자들의 머릿속에 '열 명의 깡패보다 한 명의 운동권이 더 위험하다' 는 식의 의식이 자리 잡고 있는 듯합니다. 그래서 그런지 때로는 깡패들을 운동권 탄압에 이용하기도 합니다. 결국 이 나라 폭력배들은 운동권의 덕을 톡톡히 보고 있는 셈이지요. 자기들에게 돌아와야 할 화살이 엉뚱한 데로 돌려져 있으니. 이러한 사회 상황에서 폭력에 대처하는 특별한 방안은 없는 것 같습니다. 너무도 만연하고 일상화되어 있는 폭력에 대해 적당히 타협하는 것만이 현명한 처세술로 인정받는 것 같습니다.

이러한 처세술은 일반 시민들뿐 아니라 폭력을 다스려야 할 처지에 있는 사람들에게도 스스로의 안전을 위해 어쩔 수 없이 선택해야 할 처세술이라는 데에 이 사회의 비극이 있습니다.

이야기가 너무 비관적으로 전개되었네요. 하지만 정치적 신념 때문에 들어온 정치범보다 깡패들의 신념이 더욱 굳건함을 볼 때 저의 비관은 결코 감상이 아닙니다.

　　부디 자매님께만은 이러한 어둠의 세력들이 범접치 못하길 바라며 이만 줄입니다. 주님 안에 평화 있기를!

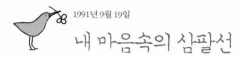

내 마음속의 삼팔선

가을을 노래하는 악사, 귀뚜라미 한 마리가 어디선가 날아 적막한 가을밤을 아름답게 수놓고 있습니다. 지극히 단조로운 음률인데도 이렇듯 풍요롭게 들리는 것은 자연의 음이라서일까요? 그동안 어떻게 지내셨는지요. 한동안 독서와 사색에 몰두하다 보니 소식 드리지 못했습니다.

나름대로 사상을 갖는다는 것, 기존 사상을 단지 학습하고 획득하는 것이 아니라 자기 자신의 사상을 만들어 나가는 것이야말로 지난한 일입니다. 특히 저와 같이 남의 아류가 되기 싫어하는 사람은 그러한 모색의 과정이 전 생애를 지배하고 있다 해도 과언이 아닐 것입니다. 그런데도 사람들은 상대방에게 이런 주의, 저런 주의하며 '넷데루(label)' 붙이기를 좋아하는데 그것은 일종의 편의주의겠지요. 우리는 그러한 모순 속에서 살고 있습니다. 스스로 어떤 주의에 속박되기 싫어하면서 상대방을 어떤 '주의'의 범주 속에 넣어서 불러야 직성이 풀리는. 따지고 보면 어느 누구도 불리는 주의 주장 그대로 사고하지도 행동하지도 않는데 그렇게 명백하게 부르는 것은 다소 언어의 폭력이 아닐까요? 일종의 경향성이나 특정 태도를 가지고 그렇게 부른다면 너무 지나친 단순화가 되겠고요.

제가 바깥세상 사람들에게 어떻게 불리고 있다는 것은 자매님도 잘 아실 것입니다. 저를 기소했던 검사는 그가 찾을 수 있는 가장 명확한 단어를 제게 붙여 주었습니다.

골수 공산주의자! 뼛골까지 스며든 빨갱이라는 뜻이겠지요. 그래서 저는 한때 '골수'는커녕 어정쩡한 공산주의자도 되지 못한 것이 한탄스럽기조차 했습니다. 왜냐하면 어차피 세상에서 소외되어 죽을 바에야 내게 붙은 '넷데루'와 내용이 조금이라도 일치한 상태로 죽는 것이 덜 서운하겠기 때문입니다.

실제로 저와 함께 들어온 많은 젊은이도 똑같은 고백을 합니다. 개중에는 실제로 노력하여 이름에 걸맞은 '주의자'가 되어 나간 사람들도 있습니다. 이 모든 과정을 놓고 볼 때 저들은 정치적 반대자들을 어떻게 해서든지 ○○주의자로 몰아붙이지 못해 안달하고 있음을 알 수 있습니다.

이름이야말로 한 사람을 죽이기도 하고 살리기도 합니다. 이 죽임과 살림의 판단은 결국 그 근원을 따지고 보면 한 줌도 안 되는 지배 집단으로부터 나옵니다. 그들은 사회의 모든 유효한 언론과 조직을 장악하고는 대중에게 특정 이름에 대해 반복적으로 가치판단 훈련을 시킵니다. 오랜 시간 계속되다 보면 대중에게 그 이름은 사회적 터부(taboo)가 되어 드디어는 이름 하나로 사람을 죽이고 살리는 무시무시한 일이 일어나게 됩니다. 이제 사람들은 그와 같은 일이 자기 주변에서 벌어져도 지극히 당연한 듯이 받아들이거나 혹은 그 불똥이 자기에게 튀지 않음을 다행으로 여깁니다.

참으로 무섭습니다. 이런 상태에서도 태연히 평화와 통일을 운운하는 사람들의 입을 보면 마치 '회칠한 무덤'을 대하는 기분입니다. 이것이 바로 '내 마음속의 삼팔선'입니다. 이것을 철거하지 않는 한 우리 민족의 통일은 꿈에 불과합니다. 내 마음속의 삼팔선을 그대로 방치해 두고 말하는 모든 이름들, 남북 직교류, 유엔 동시 가입, 민족 화해, 무슨 단일팀, 무슨 회담 등등 이 모든 것들은 지배자들의 정치적 수사에 지나지 않습니다.

진정한 민족의 통일은 보통 사람들이 자신의 마음속에 견고하게 간직하고 있는 터부, 내 마음속의 삼팔선을 철거하는 일에서부터 시작될 것이며 또 완성될 것입니다.

추석이 다가옵니다. 고향에 가실 계획이 있는지 모르겠습니다만 풍성하고 넉넉한 한가위 맞으시길 바랍니다. 더도 말고 덜도 말고 한가위만 같은 그런 날을 꿈꾸며 이만 줄입니다. 주님 강복 속에 편히 쉬십시오.

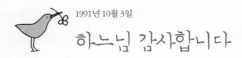

하느님 감사합니다

    오랫동안 소식이 없어 조금 궁금합니다. 혹시 무슨 일이 생긴 것은 아닌지요. 지난 8월 11일자 편지 받고 두 통의 편지를 하였는데 받으셨는지요. 아직까지도 아주버니를 위한 백일기도는 계속하고 있겠군요. 아이들도 같이 기도를 드린다니 참 기특한 일입니다.

    "어려서부터 하느님을 알고 살 수 있다는 것이 얼마나 큰 은총인가!" 하셨는데 참으로 그렇습니다. 유아세례를 받은 오래된 신자 분을 만났을 때 느끼는 겸손함과 경건함은 바로 은총의 선물이라 여겨집니다.

    제가 관심을 가지고 있는 형제가 있습니다. 그 형제에게 가끔 영성이니 은총이니 하는 것에 대해 이야기를 하는데 말로는 도저히 이해시킬 수가 없습니다. 또 함께 성가를 부르면서 성가의 참맛을 알려면 가사가 의미하는 바와 그 분위기에 동화되어야 한다고 이야기하면, 그렇게 감정이입이 안 되고 단순히 노래로밖에 여겨지지 않는다고 합니다. 그 형제는 성인이 될 때까지 영적인 분위기라고는 별로 없는 곳에서 자랐으니 이해가 갈 만도 합니다. 낯선 형제들과 처음 맞닥트려 신앙적인 교감을 주고받으면서 느끼는 벽 같은 것이 있는데 그럴 때는 제가 '어려서부터 하느님을 알고 느낄 수 있었다면' 하는 생각이 간절해집니다.

서양의 오랜 전통은 하느님을 인격신으로 여겨왔는데 저는 꼭 그렇게 보지 않습니다. 인격신 개념은 아마도 사람들이 신을 쉽게 받아들이도록 자연스럽게 고착된 것이 아닌가 합니다. 사실 이전에 가톨릭 식으로 식사 기도를 드리지 않았을 때에도 저는 나름대로 식사 전 기도를 드렸습니다. 그것은 밥을 생산하신 농부들의 땀과 노력에 감사하는 간단한 묵상이었습니다. 그러다 생각의 범위를 넓혀 보니 단순히 농부의 노고에 감사하는 것만으로 한 끼의 밥이 제 것이 될 수는 없었습니다. 그 밥이 제 입에 들어오기까지 햇빛과 비바람과 온갖 풀벌레의 작용과 함께 정미소 주인, 운수 노동자, 하역 노동자, 사무직원, 요리사, 배식 봉사원 등 무수한 사람들을 거쳤음을 알 수 있었습니다. 즉 한 알의 밥이 제 입에 들어오기까지 온갖 사람과 자연과 제도가 총동원된 것입니다. 저 자신도 그러한 총체성의 일부이기 때문에 결국 들판의 쌀알 하나는 저와 유기적으로 연관되어 있다고 보았습니다. 그러니 누구에게 감사드려야겠습니까?

농부들은 이러한 연관의 극히 일부분이며, 역으로 그분들은 우리들의 쌀 소비에 감사해야 할 처지이기도 하지요. 결국 이 모든 순환과 연대 관계를 틀림없이 있게 하시는 그 어떤 분에게 감사드릴 수밖에 없었습니다. 하느님이지요. 그리스도를 알기 전에 그분은 먼저 제게 만물의 조화주로서 다가온 것입니다. 그래서 지금은 식사 전에 그냥 단순히 "하느님 감사합니다."라는 말로 기도를 대신합니다.

신앙인과 비신앙인의 차이는 여기에 있습니다. 사소한 행동도 그 근저에 하느님의 섭리가 작용하고 있음을 인정하고 스스로 조심하는 것입니다. 이러한 행위가 오랜 세월 지속될 때에 겸손과 경건함이 몸에 배게 된다고 봅니다.

철모르던 시절 기독교 신자들이 하는 식사 전 기도를 보며 눈을 흘기던 일이 부끄럽지만 지금은 거꾸로 나를 보고 눈을 흘기는 사람에게 어떻게 하느님의 존재를 이해시킬 수 있을까 하고 가벼운 한숨을 쉽니다. 하지만 저는 가급적 티가 나지 않는 신앙인이 되고자 노력합니다. 타인과 구별되지 않는 자연스러운 삶 속에서야말로 가장 효과적이고 완전한 전교가 이루어질 수 있다고 믿기 때문이지요.

10월 10일, 이곳 공소에서 성가 경연대회가 있습니다. 뵐 수 있을지 모르겠습니다. 아무쪼록 건강하시고, 은총 속에 하루하루 보내시길 바랍니다.

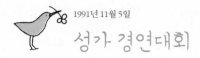

성가 경연대회

별고 없으시다니 안심입니다. 그동안 걱정이 되어 신부님께 여쭈어 간단한 소식은 들었습니다만, 왠지 마음이 놓이지 않았는데 이렇듯 자매님 글씨를 보니 기쁘네요. 또 축일까지 기억해 주시고요. 고맙게 받았습니다.

저는 여전히 건강하고 변함 없습니다. 이곳 소식으로는 지난달 성가 경연대회를 잘 치렀다는 것 말고는 별것 없습니다. 작년에 처음 이 대회를 할 때에는 대부분 성가 두 곡을 외지 못해서 책을 보고 했는데, 이번에는 연습들을 많이 하여 모두 빈손으로 나와서 열심히 했습니다.

자매님도 기억하시리라 보는데 작년 성탄 공연 때 저와 함께 팝송을 불렀던 덩치 좋고 안경 긴 형제 있지요? 총무를 맡고 있는 마르티노란 형제인데 성격도 원만하고 또 음악을 좋아하여 굉장히 열심히 다른 형제들을 지도하며 준비했답니다. 이 형제는 소 내에서 가요 경연대회를 해도 3등 안에는 꼭 들 정도로 노래를 잘합니다. 이번에 종교방에서 같이 먹고 자고 하면서 연습을 많이 했나 봅니다. 저도 합창을 들으면서 무릎을 칠 정도였습니다. 반면에 저는 지난 1월 말에 종교방을 나와 혼자 살고 있는데 어찌어찌하여 우리 사동에 있는 형제들을 끌어 모아 억지로 팀을 하나 만들어 참가했지요. 저 있는 곳은 독방살이하는 곳이라 같이 모여 연습할 시간이 없어 주로 운동 시간에 한 사람씩 만나 연습하다가 마지막 날에 가서야 다 같이 입을 맞춰 보는 정도였습니다.

이런 상황이었기에 아예 곡도 쉬우면서도 관중에게 어필할 수 있는 것을 선곡하였지요. 가톨릭 성가집 18번과 43번입니다. 세부적인 테크닉은 소화해 낼 시간이 없어 전달 효과를 낼 수 있는 정도의 테크닉에 만족하고 특히 성가의 분위기와 팀원들 간의 일치에 신경을 썼습니다.

대회가 끝나고 외부에서 모셔온 심사 위원 수녀님께서 뜻밖에 저희 팀에게 1등을 주셨을 때 한편 기뻤지만 서운한 마음이 더 컸습니다. 왜냐하면 우리 마르티노 형제가 준비도 많이 하고 노력을 많이 쏟았거든요. 사실 마르티노 팀에게 1등을 주어도 누가 뭐라 할 사람이 없을 정도로 잘했습니다. 그러나 이런 사정을 모르시는 수녀님께서 너무 냉정히 심사를 하신 것 같습니다.

수녀님의 심사평에 따르면, 마르티노네가 실패한 것은 형제들의 소화 능력에 비해 너무 수준이 높은 곡을 선택했다는 것, 그리고 성가 분위기 형성에 소홀했다는 것입니다. 어려운 곡을 신경 써서 부르자니 그렇게 된 것 같습니다. 그렇다 하더라도 마르티노네는 그 어려운 곡을 참으로 잘 불렀습니다. 나중에 마르티노를 만나 그간의 노고를 치하하고 성가 합창에서 제가 느낀 바를 일일이 지적하니, 최선을 다했고 또 많은 것을 배웠다며 기뻐했습니다. 그리고 숨어서 연습을 했던 독방살이 우리 팀 형제들 역시 무언가 가슴 뿌듯한 성취감을 얻은 듯 좋아들 했습니다.

자매님, 정부는 범죄와의 전쟁을 선포한 이후 언론 매체를 통해 온갖 흉악한 범죄 사실들을 폭로하여 시민에게 범죄에 대해 지나친 공포감을 갖게 하고 있습니다. 덕분에 사람들은 살인범이나 강도 소리만 들어도 사정은 알아보지도 않고 저주부터 먼저 합니다.

저는 이곳에서 어린 나이에 우발적으로 죄를 저지르고(사회적 범죄와는 하등 상관이 없음) 장기 형을 받아 살고 있는 착하디착한 형제들을 보면 도대체 이 사회가 한스러워 견딜 수가 없습니다. 이놈의 양형(量刑)은 갈수록 인플레될 뿐 감형시켜 줄 생각을 안 합니다. 사회가 흉포해지니 감형시켜 줄 수 없다는 것이지요.

마르티노 형제도 그런 젊은이들 가운데 하나입니다. 하는 행동으로 보나 신앙심으로 보나 심성으로 보나 징역에서 썩히기 너무도 아까운 청년이지요. 지금 15년 형을 살고 있는데 밖에는 요구르트를 배달하는 부인이 아기와 살고 있답니다.

제 주변에만도 이런 형제가 여럿 있습니다. 이들이 조금이라도 나은 환경에서 체계적인 교육도 받고 봉사 활동을 할 수 있는 장이 마련된다면 틀림없이 이 사회의 동량이 될 터인데……. 미국 같은 나라는 무기형을 받아도 수형 생활을 착실히 하면 빠르면 8년, 길면 10년에서 12년 사이에 다 나간다는데, 이 나라는 일단 범죄자란 낙인이 찍히면 너무도 가혹합니다.

자매님, 범죄자란 너울 아래 장기 형을 살고 있는 선량한 우리 형제들을 위해 하느님의 자비를 구하는 기도를 해 주십시오. 날씨가 점차 추워집니다. 특별히 건강에 유의하시길 바랍니다. 주님 안에 평화!

사랑은 봄으로

병태 형제가 종교방을 떠나고 나서 많은 생각을 했습니다.

아무리 노력해도 저는 그의 정신세계에 접근조차 할 수 없었습니다.……

스스로 의도하지도 않았고 때로는 경계했건만 학력이 만든 벽과

사회적 위상의 차이를 저는 그다지 훌륭하게 극복하지 못한 것 같습니다.

참으로 예수님 닮기란 얼마나 어려운지요!

1992년에서 1993년 디냐 자매님에게 보낸 편지

바우 올림

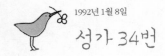

성가 34번

오늘은 하루 중 가장 조용한 아침나절에 〈생활성서〉 1월호를 보면서 얼마나 주책없이 눈물을 흘렸는지 한편으로는 부끄럽기도 했지만 그 느낌을 자매님과 함께하려고 펜을 들었습니다.

언젠가 한번 얘기한 것 같은데 저는 참 눈물이 많습니다. 아니 감격을 잘합니다. 아마 아버지를 닮은 것 같습니다. 아버지는 그렇게 엄하면서도 텔레비전을 보다가 드라마에서 조금만 슬픈 장면이 나오면 영락없이 눈물을 줄줄 흘립니다. 옆에서 같이 보는 사람이 민망할 정도로요. 저도 어떤 경우에 괜스레 눈물이 나올라치면 안 나오게 하려고 고개를 흔들고 눈을 치떴다 감았다 하며 별짓을 다 했었지만, 언젠가 한 고승의 일화를 읽고는 그런 짓을 그만두었답니다. 슬프고 감정이 북받칠 때는 그냥 내버려두는 것입니다.

그 일화는 이렇습니다.

덕이 아주 높은 한 유명한 고승이 있었습니다. 하루는 친구 되는 사람이 놀러 와서 같이 선문답을 나누던 중에 동자승이 와서 고승의 부친이 돌아가셨다고 일러 주더랍니다. 그 길로 달려가 부친의 장례를 치르는데 사고를 당한 것도 아니고 천수를 다 누리고 돌아가신 부친상을 앞에 두고 고승이 섧게 우는데 주변 사람이 다 민망하도록 처량하고 구슬프게 울더라는 것입니다.

옆에 있던 친구가 한마디했습니다. "이보게, 자네 속세를 떠난 스님이 아무리 부친이라지만 생로병사는 어쩔 수 없는 일이거늘 그렇게 민망할 정도로 사람들 앞에서 울어서야 되겠는가?" 그랬더니 고승은 더욱 섧게 울더라는 것입니다.

장례를 미치고 돌아오는 길에 고승이 혼자 중얼거렸습니다. "슬플 때는 한없이 슬피 울어야 하고, 기쁠 때는 원 없이 크게 웃어야 하지 않는가?"

이 일화를 읽는 순간 저는 그동안 감정을 억지로 감추려 했던 자신이 오히려 부끄러웠습니다. 그리고 동시에 남이 슬피 눈물 흘리면 민망한 것이 아니라 아름답다고 느끼게 되었습니다. 이렇듯 우리는 얼마나 자신의 자연스런 감정을 거슬러 살고 있는지 모르겠습니다. 그러고 보니 제가 사형을 구형받고 최후 진술을 하는데 설움에 북받쳐 거의 울먹이다시피 한 것이 생각나는군요. 덕분에 방청석을 눈물바다로 만들어 놓았습니다만 당시에는 부끄럽고 뭐고 없었습니다. 그냥 한없이 서럽고 야속하기만 했습니다.

이번 달 〈생활성서〉에는 왜 그리 눈물을 자아내는 기사들이 한꺼번에 실렸는지……. 아마 제가 지난 한 달을 너무 메마르게 지내다가 오랜만에 평상심으로 돌아와 감동적인 신앙 이야기를 들어서인가 봅니다.

첫 부분에 실린 여의도 차량 폭주 사건으로 숨진 신재 가브리엘(6세) 할머니 이야기는 감동 그 자체입니다. 그런데 거기에 실린 신재 녀석 사진이 어찌나 귀여운지, 고 볼 우물의 미소하며 들여다보면 볼수록 눈물이 나는 것이었습니다. 그러하니 손수 키우신 신재 할머니야…….

그 다음 화보와 글에는 춘천 교구 소양로 성당의 배종호 신부님의 어머니(78세) 이야기가 실려 있습니다. 가난 속에서 아홉 남매를 낳아 기르신 어머니의 쭈글쭈글한 모습도 아름답지만, 자식을 신부님으로 키워서 첫 사제품을 받던 날 사진이 실려 있습니다. 신부님이 당신 어머니에게 강복을 주려다 흐르는 눈물을 주체하지 못해 얼굴을 감싸고 있는 모습에 그만 또……. 하긴 징역 들어온 이래 한번 마음 놓고 울어 본 일이 없습니다. 슬픈 일이 생겨도 이상하게 자꾸 안으로 안으로만 숨기고 겉으로 나오지 못하게 합니다. 그러다 보니 잡지 속의 그런 글만 보아도 픽픽 눈물이 터져 나오는 게 아닌지.

이왕 눈물 얘기 나온 김에 마지막으로 하나만 더 하고 줄이겠습니다. 작년 여름 제가 '징벌방'에 갇혀 있을 때의 일입니다. 하루는 온몸이 결박된 상태에서 로사리오 신공을 마치고 망연히 쪽창을 바라보다가 나도 모르게 성가 34번이 나오는 것이었습니다. 이 성가는 제가 최초로 배운 것이라 영혼 속에 그 멜로디가 박혀 있는 노래지요. 밖으로 소리가 새어 나갈새라 소리를 최대한 낮추어 열렬한 마음으로 목 놓아 부르니 웬 눈물이 그렇게 쏟아지는지요. 그렇게 한 30분을 부르고 나니 마치 먼 여행을 갔다 온 것처럼 나른해지데요. 그때 흘린 눈물이 기쁨의 눈물인지 비감의 눈물인지는 아직도 잘 모르겠습니다. 그 이후로 성가 34번은 언제 불러도 목이 멥니다.

디냐 자매님, 새해 벽두부터 눈물 타령을 하여 미안합니다. 쓰다보니 새해 인사도 미처 못 드렸네요.

"새해 복 많이 받으십시오. 소원 성취하시고 아기와 함께 건강하십시오."

올 한 해도 자매님의 기도 덕에 제게도 평화로운 해가 되길 기원합니다. 주 안에 함께.

분노

안녕하십니까, 디냐 자매님!

소식 전한 지 꽤 된 것 같습니다. 아기 님과 함께 건강하신지요? 얼핏 계산하니 아기 백일이 다 된 것 같습니다. 말하자면 이 세상에 나와서 첫 시험을 무사히 통과하는 날이지요. 먼저 아기 백일을 축하드립니다.

그동안 제 생활의 변화는 별로 없습니다. 한때 남북 합의서 교환으로 조금 설레던 기분을 빼고는 여전히 칠흑과 같은 세상입니다. 요즘은 그동안의 생각들을 정리하느라고 뇌를 좀 써서 그런지 하루하루 생활이 무언가에 쫓기는 듯한 느낌입니다. 그런 가운데 최근 마음에 크게 자리 잡았던 것은 염심(念心)입니다.

벌써 징역이 햇수로 8년째가 됩니다. 왜 나뭇조각 같은 것을 뜰 밖에 오랫동안 놓아두면 비바람에 풍화되어 속이 공허해지지요. 사람은 꼭 그런 것 같지는 않습니다. 제가 관찰한 장기수들을 보면 겉으로는 그렇게 풍화된 듯 보입니다만 그 마음 깊숙한 곳에는 남들이 상상하기 어려운 인고의 불덩이, 또는 불붙기 쉬운 분심을 간직하고 있습니다. 그래서 평소에는 지극히 평화롭다가도 한번 분심이 발동하면 걷잡을 수 없는 분노로 폭발합니다. 그러나 폭발해 봐야 갇힌 신세, 철창 안, 한 평 공간에서의 일입니다. 분심은 시간이 지나면 사그라져 알지 못할 깊은 곳으로 들어가고 맙니다.

저 역시 그러한 분심을 간직하고 여러 해를 살아왔습니다. 분심이 칠죄종의 근본임을 잘 알기에 기도와 묵상으로 떨쳐 버리려 애쓰지만 때로는 스스로 감당하지 못하고 특정인에 대한 저주와 증오로 자신을 태우기도 합니다. 분노가 화살이 되어 상대방에게 꽂히는 거지요. 그리하여 나를 압박하고 무시하고 농락한 그 사람을 단죄하는 것입니다. "주님, 왜 저런 놈을 그냥 내 버려두십니까? 왜 저 악마에게서 입가의 미소를 앗아가지 않으십니까?" 이렇게 하느님을 원망하면서까지 말입니다. 그러다가 퍼뜩 정신을 차리고 마음속에 한껏 그려 놓은 악의 그림을 얼른 지웁니다. 그리고 묵상에 잠깁니다. '왜 사람을 미워하느냐' 하며 자신을 꾸짖습니다.

남을 미워하는 것은 무엇인가에 집착하고 있다는 증거입니다. 이 집착으로부터 벗어나기 위해 수도자들은 자신의 마음을 마치 돌이나 나무처럼 만들려고 노력했습니다. 실제로 인도의 한 수도승 분파는 동물과 같은 자연 상태로 돌아가는 것을 최고의 경지로 여긴다고 합니다. 그러나 아무리 노력해도 인간의 마음이 무생물이나 동물의 그것처럼 되기는 어렵지 않나 생각합니다. 인간은 인간답게 자신의 분노를 표현해야 하지 않을까요?

라즈니쉬 같은 사람은 이렇게 말합니다. "화가 나면 화를 내라. 그것도 화끈하게. 그러나 그것을 통해서 무엇을 얻으려고는 생각하지 마라. 그저 화를 내기만 하면 그뿐이다." 그러나 이 말 역시 무책임한 이상론으로 들립니다. 그렇게 쉽사리, 개운하게 화를 낼 수 있다면 얼마나 좋겠습니까? 우리 모두는 사람들과의 '관계' 속에서 살아가고 있는데, 이 관계의 그물망에 아무런 파문도 남기지 않고 자기만이 화를 낼 수 있겠습니까? 역시 라즈니쉬류의 방법은 철저히 개인주의적 혹은 개체주의적 수행으로 보입니다.

분심이야말로 모든 수행자들에게 있어 최대의 적입니다. 하지만 분노에도 여러 가지가 있습니다. 정의의 분노도 있고 아집에 사로잡힌 분노도 있습니다. 분노를 무조건 싸잡아 죄악시하는 건 잘못이라고 생각합니다. 확실히 즐거운 마음은 건강에 좋고 안쓰러운 마음은 건강에 나쁩니다. 그러나 삶이 항상 즐거운 것은 아닙니다. 오히려 삶에는 즐거움보다 고통이 더 많습니다. 그래서 불교에서는 인생을 고(苦)라고 규정하지 않습니까.

분노는 우리의 고통스런 삶을 정화시켜 줍니다. 그리고 분노는 사람 사이에 오해와 편견으로 인해 뒤틀어진 관계를 되잡아 주는 역할을 합니다. 문제는 분노를 통제하지 못하고 분노에 사로잡혀 사는 것입니다. 주님을 모시고 산다는 것은 분심을 멀리하고 항상 평화 속에 사는 것이라기보다는 나라는 주체를 올바로 세우는 것이라고 생각합니다.

작년 이맘때 사순절을 헛되이 보내고 나서 뒷북을 쳤던 기억이 납니다. 남은 두 주간의 사순 시기에는 좀 더 자신의 내부를 들여다 보아야겠습니다.

자매님의 요즘 생활은 어떠신지요? 뒤늦게 얻은 아드님의 돌봄 이 자매님을 어떻게 변모시켰는지 궁금합니다. 보고 싶습니다. 한번 뵐 수 있을는지요. 의논드리고 싶은 것도 있고.

주님의 가호 속에 항상 건강하시길 바랍니다.

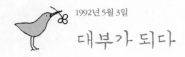

대부가 되다

오랜만에 홀가분한 기분으로 펜을 들었습니다. 사실 지난 몇 개월 동안 동생에게 연재 형식의 편지를 쓰느라 경황이 없었습니다. 이제 모두 매듭을 짓고 다시 평상시의 리듬을 되찾았습니다. 지난 한 해 동안 소홀히 하였던 성서도 좀 더 열심히 들여다보려 합니다.

지난해 4월에 중단된 〈통신성서〉 공부를 다시 시작하였습니다. 어떻게든 이 안에 있는 동안에 공부를 마치고 싶습니다. 자매님은 이제 중급 코스에 들어가게 되나요? 작년 '신약입문' 성적이 어땠는지 궁금하군요.

기쁜 소식 하나 알려드리겠습니다. 왜 작년에 성탄 공연할 때 '요나'의 역할을 하면서 객석에다 대고 "주 하느님을 믿으라!"고 외쳤던, 그러나 정작 본인은 요리 조리 빼며 영세받기를 마다했던 형제가 있다 했지요. 그 형제가 지난주(4월 30일)에 드디어 영세를 받았습니다. 김용권 토마스 아퀴나스. 세례명이 거창합니다. 사실 이 형제는 종교방에서 형제들과 자주 마찰을 일으키는 골칫덩이였답니다. 너무도 개성이 강하고 활발한 성격으로 인해 본의 아니게 남에게 피해를 주는 경향이 있었지요. 성격 탓인지 연극에는 타고난 재능이 있어 2년 연속 성극(聖劇)의 주역을 맡았고요. 밖에서라면 그 또래에서 두목 노릇 톡톡히 할 녀석입니다.

어쨌건 저는 이 형제가 안쓰럽기도 하고 또 마음에 들기도 해서 작년부터 꾸준히 영세받게 해달라고 기도를 드렸습니다. 아시다시피 저는 형제들과 떨어져 나와 살고 있기 때문에 이번에 누구누구가 세례를 받는지 몰랐습니다. 그런데 그날 미사 중에 보니 세례를 받더라고요. 어찌나 기쁜지 미사가 끝나고 '꼬옥' 안아 주었습니다.

그리고 이번 영세식 때는 저도 대부로 참여했습니다. 과연 대부의 자격이 있는지 모르겠습니다만 제가 인도한 형제가 원하기에 기꺼이 응했습니다. 이름은 이철호 아우구스티누스입니다. 몇 년 전 부산 동의대에서 전경들이 데모 진압하러 들어갔다가 도서관에 불이 나 몇 명 순직한 일이 있었지요? 그 동의대 사건의 주동 학생입니다. 정부의 보복으로 징역이 12년이나 됩니다. 이 형제를 인도하는데 주로 '공동체 교리'와 '민중신학'에 의존하였지요. 사회 운동을 하던 젊은이들에게 단순히 전통 교리를 들려주어서는 설득해 낼 수가 없습니다. 세례받던 당일에도 함께 운동을 했던 동료들을 떠올리며 말하더군요. 친구들이 자기를 어떻게 볼지 모르겠다고요. 사실 요즘 '운동' 하는 학생들은 대개 변증법적 유물론을 자신의 철학으로 삼고 있기 때문에 관념투성이로 보이는 종교 행위를 잘 이해하려 들지 않아요. 저는 그를 안심시키며 이렇게 말했습니다. "쓸데없는 걱정하지 마라. 너의 종교적 행위를 두고 주변의 몇몇 동료들이 이해 못한다 하더라도 그것은 네가 이 세상에서 하고자 하는 일에 비하면 아무것도 아니다. 대중적인 관점에서 보면 종교를 이해하는 마음이 더 일반적이니 아무 걱정하지 마라. 네가 진정 대중 속에 뿌리를 박고 하느님 나라의 일꾼이 되길 원한다면 몇몇 동료들의 몰이해쯤이야 무시해도 좋다."

하긴 그 형제가 꼭 친구들의 눈초리를 염려했다기보다 밖에서 학생운동할 때는 상상도 못한 일이 막상 현실이 되고 보니 왠지 모를 '두려움' 같은 것이 떠올랐는지도 모르지요. 정말 세례는 미지의 세계에 대한 두려움(경외)입니다. 예를 들면 커다란 정원을 가진 집의 대문에 들어서는 것이 세례라고 봅니다. 이제 그 집의 안방에 도달하기까지는 많은 함정과 우여곡절이 기다리고 있습니다. 길목에서 적절하게 손을 잡아 주는 것이 대부의 역할이라 생각됩니다.

디냐 자매님, 이제 새로 하느님의 자녀가 된 우리 토마스 아퀴나스 형제와 아우구스티누스 형제를 위해 축복의 기도 부탁드립니다.

참, 그리고 지난번에 넣어 주신 차입물은 고맙게 받았습니다. 면회한 지 일주일이 지나서야 차입물이 들어오기에 처음에는 담당 직원이 까먹었다가 늦게야 넣어 주는가 보다 했는데, 한 번 더 이곳에 오셨군요. 동료들과 감사히 나누어 먹었습니다.

　신록의 5월, 성모의 계절입니다. 어버이의 기쁨 많이많이 누리시고 자매님의 네 천사들이 물오른 신록처럼 무럭무럭 자라 주길 바랍니다. 주님 사랑 속에서 성모님과 함께하며.

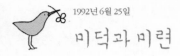

미덕과 미련

오늘 오래간만에 신부님께서 미사를 거르게 되어 오후에 이렇게 한가로이 펜을 잡았습니다. 안녕하시겠지요?

좀 전에 한 잡지를 뒤적이다가 어떤 나라에서는 손님 접대할 때에 주인이 음식을 권하면 아무리 배가 불러도 거절하지 못하고 주는 대로 다 먹어야 한다는 기사를 읽고는 문득 할머니 생각이 나서 빙그레 웃었습니다.

어쩌다가 친구들이 저희 집에 놀러 와서 밥을 먹게 되면 할머니께서 막무가내로 음식을 권하는 바람에 모두들 곤욕을 치르곤 했습니다. 아무리 먹기 싫어도 할머니가 손수 듬뿍 떠서 먹고 있는 밥그릇에 담아 놓으면 죽어라고 먹어야 했으니까요. 말하자면 어르신네의 '막무가내 사랑'인데, 받는 사람의 입장에서 보면 때로 아주 피곤한 사랑이 되기도 합니다. 어려서부터 이런 일을 싫도록 당한 제가 어른이 되어 똑같은 일을 반복하는 것을 보면 인습이란 것이 무섭긴 무섭습니다.

그러니까 한 2년 전에 이런 일이 있었습니다. 언젠가 한번 말씀 드린 것 같은데 우리 형제 중에 '병태'라는, 밖에서 앵벌이를 하다 들어온 친구가 있었습니다. 하루는 제가 이 안에서 먹어 보기 어려운 떡을 한 접시 얻었기에 평소에 가장 불쌍하다고 생각해 온 병태에게 주려고 고스란히 남겨 두었지요. 이튿날 아침 운동 시간에 나왔기에 그를 조용히 불러 구석에 데리고 가서는 떡을 주며 먹으라고 하였지요. 처음에는 별로 안 좋아하는 기색을 보이기에 녀석이 사양하느라 그러는 줄 알고 사람들 오기 전에 빨리 먹으라고 재촉했지요. 병태는 할 수 없다는 듯 떡을 집어 먹었는데, 제가 옆에서 보기에도 저러다 체하는 게 아닌가 싶을 정도로 미어터지게 먹더라고요. 저는 그가 먹다가 잠시 쉬기라도 하면 '어여' 먹으라 하며 거들어 주면서 결국 한 접시를 다 '멕이고' 말았습니다.

떡을 다 먹고 잠시 앉아 이 얘기 저 얘기 하는데 갑자기 그가 인상을 찌푸리더니 고개를 숙이고 금방 먹은 떡을 '으웩으웩' 하면서 모두 게워 내는 것이었습니다. 이런 낭패가 있나 하면서 저는 급히 신문지를 가져다 닦아 주고 등을 두드려 주고 하였습니다. 다 토하고 나서 왜 그러냐고 물었더니, 세상에, 금방 밥을 많이 먹고 왔다는 것이었습니다. 그 얘기를 듣고는 막무가내로 떡을 권한 저나 아무 말도 않고 곰처럼 먹기 싫은 떡을 꾸역꾸역 먹은 그나 모두 한바탕

희극의 주인공들 같았습니다.

어떻게 보면 비록 특수한 상황에서 벌어진 일이지만 우리네 식사 접대 문화를 극명하게 보여 준 것이라 하겠습니다. 아무래도 이런 식의 접대 문화는 '미덕'이라기보다는 '미련'에 가깝습니다. 저 북유럽 사람들처럼 한번 권했을 때 딱 부러지게 '예·아니오'를 분명히 하는 것이 우리 정서에는 잘 맞지 않을지라도 정말 막무가내 권유는 하지 말아야겠습니다. 그리고 접대를 받는 사람도 호스트에게 모든 것을 맡길 게 아니라 손님으로서의 자기 형편을 어느 정도 알려 줄 필요가 있다고 봅니다.

디냐 자매님 집의 접대 방식은 어떠한지요? 아무튼 접대의 핵심은 서로가 기분 좋게 서비스를 주고받는 것일진대 전통적 형식에 얽매여 어느 한쪽이라도 기분 나쁘게 된다면 곤란하겠지요? 이담에 제가 자매님 집에 방문하게 될 적에는 형식은 잘 보지 않겠으니 그저 맘 편하게만 접대해 주시길 바랍니다. 너무 일찍 김치국물을 마셨나요?

넣어 주신 차입물은 이곳 형제들과 고맙게 나누어 먹었습니다. 감사합니다. 실은 지난번에 오셨을 때 제대로 얘기도 못 나누고 접견이 끝나 섭섭했습니다. 이틀 뒤에 담당을 또 만나게 되었는데 저도 모르게 신경질을 부리게 되더군요. 그래서는 안 되는데. 그런데 그날 자세히 보니 자매님 얼굴이 조금 변했더군요. 느지막이 아이를 보고 나서 비로소 중년의 둥그스름한 얼굴형으로 변해 가는 것 같았습니다. 이제는 예전의 날카로운 기운은 모두 없어지고 후덕함이 은은히 빛나는 얼굴이 되어 버렸다고나 할까요? 순리이겠지요. 그래도 저는 청순함이 여전히 배어 있는 자매님의 눈빛을 좋아합니다.

장마가 다가온다고 합니다. 도시의 아파트라 하지만 그래도 장마를 대비하여 무언가 이것저것 살펴볼 것들이 있겠지요? 댁내 두루 평안하시고 특히 건강 유의하십시오.

언젠가 임마누엘(디냐 자매가 낳은 막내아들)을 볼 날이 있으리라 기대하면서.

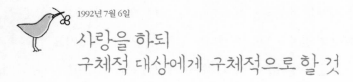

사랑을 하되
구체적 대상에게 구체적으로 할 것

계속되는 가뭄 끝에 겨우 비가 오긴 왔는데 해갈하기에는 턱없이 부족한 양이었습니다. 빈 수레가 요란하다고 약간의 빗방울 좀 떨어트리는데 웬 천둥과 번개는 그리 쳐 대는지. 밤잠을 다 설쳤습니다. 혹시 아이들이 놀라지나 않았는지 모르겠습니다.

지난 편지에 병태 형제 이야기를 했는데 오늘 아무래도 그 얘기를 마무리 지으려 합니다. 그는 제가 1년 남짓 종교방 생활을 하는 동안 저에게 가장 큰 충격을 주고 떠나간 형제입니다. 부끄럽지만 당시에 저는 나름대로 사도 바울에 버금가는 사명감과 엄격함을 가지고 형제들과 함께 공동생활을 했습니다. 적어도 나와 같이 살고 있는 한 누구든지 사랑을 느끼며 형제같이 지내게 되길 바랐습니다. 그러나 지금에 와서 보니 문란했던 종교방의 규율과 풍토를 잡아 가는 데 더 신경을 쓴 나머지 형제들을 내면으로부터 변화시키는 데

실패하고 말았습니다.

　병태 형제가 그 극적인 증거였습니다. 그는 고아에다 나이도 가장 어리고 글도 잘 읽을 줄 몰라 어디에서고 구박을 받았습니다. 공장방(일반 재소자방)에서 하도 어렵게 지낸다기에 종교방으로 데려와 종교 생활은 하지 않더라도 맘이라도 편하게 지낼 수 있도록 했지요.

　그런데 종교방의 규율이 또 그에게 질곡이 되었던 모양입니다. 그래도 나름대로 노력하면서 나중에는 성서도 비록 더듬거리지만 봉독할 수 있게 되었습니다. 적어도 겉으로는 그와 방에 있는 형제들 사이에, 그리고 그의 생활에 하등의 문제가 없어 보였습니다. 그러던 그가 어느 날 갑자기 유리창을 깨고 뛰쳐나갔습니다. 너무도 갑작스레 당한 일이라 동료 형제들도 이해할 수 없다고 그러더군요. 결국 그는 다시 공장방으로 돌아갔고 거기서 몇 달을 더 지내다가 출소하고 말았습니다.

　병태 형제가 종교방을 떠나고 나서 많은 생각을 했습니다. 아무리 노력해도 저는 그의 정신세계에 접근조차 할 수 없었습니다. 그가 어떤 어려움 속에서 자라 왔는가를 들으면서 길거리를 방랑하며 살아가는 아이들의 세계를 이해할 수는 있었지만 정서적으로 그와 일치하기는 도저히 불가능했습니다.

　또 평소에 서로 사랑하자고 외치고 다녔지만 병태 형제가 떠나고 난 후에 보니 그에게 베푼 사랑은 진실로 거의 없거나 아주 보잘것 없는 것이었습니다. 물론 많은 형제를 대하다 보니 그럴 수도 있으려니 했겠지만 그것이 현실로 확인된 마당에 받은 충격은 대단히 컸습니다.

지금 이렇게 1년이라는 세월을 겪고 저 자신을 들여다보니 그 당시에는 나름대로 최선을 다했노라고 위로도 하지만 결국 제가 겪은 대부분의 실패는 부덕의 소치임을 알게 되었습니다.

예수님께서 창녀와 세리의 손을 잡아 줄 수 있었던 것은 그들의 세계를 잘 알 수 있었기 때문이 아니라 적극적으로 그들을 사랑하였기 때문일 것입니다. 반면에 그들이 예수님에게 그렇게 기울었던 것은 그분에게는 상대방이 걸릴 만한 아무런 벽이 없었기 때문일 것입니다.

돌이켜 보건대, 스스로 의도하지도 않았고, 때로는 경계했건만 학력이 만든 벽과 사회적 위상의 차이를 저는 그다지 훌륭하게 극복하지 못한 것 같습니다. 참으로 예수님 닮기란 얼마나 어려운지요!

오늘 다시 한 번 병태 형제를 생각하면서 '일치'와 '사랑'의 의미를 되새겨 봅니다. "일체의 벽을 허물고 일치할 것!" 그리고 "사랑을 하되 구체적 대상에게 구체적으로 할 것!" 지금 어느 길거리에서 헤매고 있을지 모를 상태 형제에게 천주님의 가호가 항상 함께하시길 기도드립니다.

디냐 자매님, 기실 일치와 사랑은 자매님을 보고 진즉에 깨쳤어야 하는데 이렇게 지난날을 돌이켜 보고서야 고개를 끄덕거리니 부끄럽습니다. 하긴 사랑을 줄곧 받기만 한 사람은 그 의미를 쉽게 깨치지 못하는 것 같기도 합니다만.

   이제 조금 있으면 아이들 방학입니다. 올여름 가족 나들이 계획이라도 세워 놓았는지요. 신문을 보니 자연 교육과 피서의 이중 효과를 볼 수 있는 자연 농장이나 산림원에서의 가족 피서가 유행이라 하더군요. 아이들에게 잊히지 않을 여름 방학의 기회를 만들어 주는 것도 중요한 일일 것입니다.

   부디 건강하시고 댁내 두루 평안하시길.

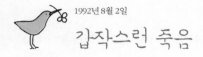

갑작스런 죽음

찌는 듯한 더위가 한풀 꺾였습니다. 땀범벅으로 지낸 지난 일주일을 돌이켜 보니 마치 전쟁을 치른 듯합니다. 제가 안동에 온 이래 가장 더웠던 일주일이었습니다.

디냐 자매님, 그 더위의 끝에 생각지도 못한 사고가 나고 말았습니다. 지금도 저는 반신반의하며 이 글을 쓰고 있습니다. 며칠 전(29일) 종교방에 있는 김덕규 안토니오 형제가 공장에서 샤워를 하다가 그만 심장마비로 절명했다 합니다. 저녁 식사를 마치고 설거지를 하다가 너무 더워서 바께쓰 물을 뒤집어썼는데 그만 변을 당했다 합니다. 평소에 매우 건강하고 너무도 착실한 형제였기에 그의 죽음이 믿어지지 않습니다. 그의 소식을 듣기 전날 한 동료와 인간의 죽음에 관하여 토론하면서 저는 결론 삼아 "어느 순간에 죽음이 닥쳐올지 모르니 평소에 준비를 해두어야 한다."고 말했던 터라 더욱이나 착잡한 심정이 되고 말았습니다.

　말과 현실의 차이는 실로 서로 반대되는 의견의 차이를 무시해 버려도 상관없을 만큼 큰 차이임을 깨달았습니다. 하물며 '그 죽음이 나에게 닥쳐온다면……' 하고 생각하니 함부로 입을 놀려서는 안 되겠다고 생각했습니다.

　저는 지금 정성들여 만든 신발 깔창 한 켤레를 상 위에 올려놓고 이 글을 씁니다. 가장자리를 예쁜 천으로 두르고 발바닥 부근에는 빗금 모양으로 장식 천을 박은, 실용성과 장식성이 뛰어난 깔창입니다. 바로 며칠 전 덕규 형제가 제 생일을 축하한다며 건넨 선물입니다. 이런 것을 유품이라고 하나요? 이 깔창 하나가 형제를 영원히 기념하는 유품이 되다니……. 아직도 믿어지지 않아 그저 쳐다보고 있습니다만, 이제부터 기도를 통하여 이 신발 밑창을 제게 주신 하느님의 의도를 캐야겠습니다. 틀림없이 덕규 형제는 제게 커다란 깨달음을 주고 갔을 것입니다.

　그는 2년 전 제가 종교방에 있을 때부터 그곳에 살았습니다. 항상 궂은일을 도맡아 하면서도 싫은 내색 않던 그였습니다. 냄새나는 화장실 문 앞에 이부자리를 깔고 자면서도 누구보다 즐겁게 생활하던 그였습니다. 모습이 꼭 침팬지를 닮아 형제들이 "침팬지, 침팬지" 하고 놀려 대도 싱글벙글 웃기만 하던 그였습니다. 제가 독방 생활을 시작한 후에도 집회에서 일주일 만에 만나면 우스꽝스런 큰 몸짓으로 환영하던 그였습니다. 하느님께서는 왜 이렇게 착하디착한 사람을 먼저 데려가시는 것일까요? 착하기 때문에 선택되어 불려 간 것인지, 아니면 죄인들에게 깨우침을 주려고 데려간 것인지…….

어제부터 안토니오 형제의 명복을 위한 로사리오를 시작했습니다. 자매님께서도 형제를 위하여 기도해 주시면 고맙겠습니다.

지금 이곳 공소는 방학이라 쉬고 있습니다. 9월이 되어야 모든 종교 집회가 다시 시작됩니다. 신부님께서 새로운 모습으로 나타나 주시길 바랍니다.

저는 지난 6월에 '사회참관'(모범수와 장기수들을 위해 1년에 한 두 번씩 사회적응 프로그램의 하나로 외부 사회를 구경시켜 주는 것) 형식으로 임하댐에 다녀왔습니다. 참으로 엄청난 공사였더군요. 아직은 심어 놓은 잔디보다 벌건 흙이 더 눈에 띕니다. 끝없이 펼쳐진 호수를 보니 한편으로 시원하긴 한데 그 밑에 잠겼을 마을과 논밭을 떠올리며 인간이 추구하는 과학문명이 결국은 인간과 자연에 대해 적대적이지 않나 하는 생각이 들었습니다.

공원 한가운데 세워진 기념 조형물을 보고는 뒤끝이 안 좋았습니다. 조형물 자체는 그런 대로 멋있는데 그 옆에 보란 듯이 써 넣은 초등학생 붓글씨 필체의 휘호가 완전히 조화를 깨트리고 말았던 거죠. 국가 원수라고 하여 수준 이하의 글씨를 가지고 함부로 명승지에 흔적을 남기는 일은 좀 생각해 볼 일입니다.

춘천 들러 강릉 다녀오신 이야기도 듣고 싶습니다. 부디 건강하시길.

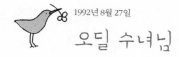

오딜 수녀님

가을의 문턱에서 웬 놈의 비가 이리도 오는지. 하긴 저는 창문을 통하여 비 오는 모양을 바라보는 것을 좋아하기는 합니다.

오늘 갑자기 '그리스도의 교육 수녀회'에 계시는 조 오딜리아 수녀님이 오셨습니다. 9월부터 부산으로 일터를 옮기게 되었다며 인사하러 오셨더군요. 이렇게 섭섭할 수가! 오딜 수녀님은 그동안 우리 형제들의 교리 교육을 맡아 오면서 실로 형제들의 사랑과 신뢰를 아낌없이 받으시던 분이었는데…….

지금까지 안동에 들르신 수녀님들 가운데 오딜 수녀님만큼 형제들에게 사랑을 베풀고 또 사랑을 받은 수녀님은 없습니다. 수녀님의 사랑은 열렬하다거나 화끈하다는 것하고는 거리가 멉니다. 그저 다함없는 겸손과 성실함입니다. 그 앞에서는 어떤 망나니도 다소곳해질 수밖에 없습니다.

수녀님의 교리 교육이야 워낙 수줍어하는 성격으로 말미암아 형제들에게 제대로 전달이 아니 되었을지 모르지만, 형제들에게 하나라도 더 잘 전하려는 성실한 노력 그 자체가 사람을 감화시키고 맙니다. 지난 1년 반 동안 많은 영세자를 배출하게 된 것은 물론 김 신부님의 적극적 사목 활동에 의한 것이지만, 형제 자격을 갖추는 데 있어 오딜 수녀님의 감화는 절대적인 것이었습니다. 실제로 여러 형제들이 출소해서도 수녀님과의 연락을 끊지 않고 자신의 몸을 어떻게 해서든 교회 근처에 묶어 두려고 하는 것을 보면 수녀님의 관심이 교도소 밖에서도 보통이 아닌 듯합니다. 저 역시 그동안 수녀님의 사랑을 듬뿍 누려 온 한 사람으로 안타까운 마음을 고이 접고 석별의 정을 나누는 간단한 기도회를 마치고 수녀님을 보냈습니다. 어디를 가시든지 그 사랑 변치 않기를 바랄 뿐입니다. 듣자하니 본당의 마리루시 수녀님과 레지나 수녀님도 이미 가셨다는군요. 한번쯤 얼굴이라도 뵙고 떠났으면 하는 아쉬움이 가득하지만 어쩌겠습니까. 기도 속에서나 뵈어야지.

지난 18일 연미사(위령미사) 때 저도 안토니오 형제를 위해 기도하는 시간을 가졌습니다. 형제가 두고 간 깔창을 보며, 나에게 신발의 깔창과 같은 존재가 되라는 형제의 말 없는 주문으로 알아들었습니다. 내 자신이 교만해지고 허튼 생각이 들 때마다 깔창을 생각하렵니다. 기도드려 주시어 감사합니다.

댁내 두루 평안하시길. 특히 임마누엘의 건강과 평화를 빕니다.

사랑하는 ○○에게

　사랑하는 디냐 자매님께

　예로부터 내리사랑은 있어도 치사랑은 없다고 했습니다. 해서 자기보다 연장자에게 '사랑하는' 이라는 수식어를 붙이기가 쑥스럽고 주저되는 바가 없지 않습니다. 하지만 오늘은 왠지 손 가는 대로 자매님을 불러 보고 싶군요. 자연스러운 감정의 발로에 굳이 이치를 들이대고 싶지 않습니다. 제게 이건 흔한 일이 아닙니다. 제 어머니와 오딜 수녀님께 스스럼없이 이런 말을 사용하고는 처음인 것 같습니다. 그만큼 자매님은 제게 소중한 분으로 자리 잡고 있다 하겠지요.

　당연한 일이지만 사실 그 두 분은 먼저 당신들이 제게 사랑을 표시하셨습니다. 그러니 저로서는 부담 없이 '사랑하는' 이라는 수식어를 사용할 수 있었던 것이지요. 사실 신분상으로 두 분에게야 '사랑' 이라는 말로 오해를 불러일으킬 하등의 요인이 없지요. 하지만 자매님께는 왠지 사랑하는 맘 가득하였어도 함부로 표현할 수가 없었습니다. 언젠가 어줍지 않게 '존경하는' 이라는 말을 썼다가 경을 친 이래로는 더욱, 제가 처해 있는 상황과 나이 등이 스스로의 감정을 억제한 것 같습니다. 이제는 그러한 자격지심으로부터 벗어나려고 합니다.

저는 제 주변의 사람들을 참으로 사랑합니다. 학창 시절에도 여자 친구나 후배들에게 스스럼없이 '사랑하는 ○○에게' 라고 편지하곤 했으니까요. 지나간 추억이지만 개중에는 이 '사랑하는' 을 독점적 소유 개념으로 받아들여 헛된 가슴앓이를 하던 이들도 여럿 있었지요. 그것이 부분적으로 제 잘못임을 잘 알면서도 개인적인 결합을 넘어 그들이 사랑스러운 걸 어찌합니까?

사랑과 결혼에 대한 저의 생각은 이렇습니다. 한때 철모르던 사춘기 시절에 저는 '단 한 번의 사랑과 단 한 번의 결혼' 을 가장 멋진 것으로 생각했던 적이 있습니다. 하지만 그것은 그야말로 사춘기적 이상에 지나지 않았습니다.

사람은 죽을 때까지 자기 주변의 사람들을 지극 정성으로 사랑해야 한다고 생각합니다. 다만 결혼만은 하느님이 맺어 준다고 생각합니다. 하느님이 맺어 주는 결혼에 자신의 의지가 얼마나 개입되는지는 잘 모르겠습니다. 아마 사람마다 다르겠지요. 때문에 서로 사랑한다 할지라도 그것이 결혼으로 맺어지려면 하느님의 은총이 없으면 성사될 수 없다고 생각합니다. 설사 성사된다 하더라도 그것은 불완전한 결합에 그치고 맙니다.

다시 한 번 불러 봅니다.

"사랑하는 디냐 자매님! 생신과 축일을 모두 축하드립니다."

이렇게 말로만 축하드린다는 게 안타깝습니다. 하지만 이 말은 저의 모든 것이오니 그리 아십시오.

자매님께서 마리루시 수녀님과 마음이 통했다고 하니 저도 같이 통한 느낌입니다. 마리루시 수녀님은 직분상 저희들과 접촉할 기회가 별로 없어 깊이 있는 교류를 할 수 없었지만 잠깐 잠깐의 만남을 통해 심성이 매우 포근하고 다재다능한 분임을 알 수 있었습니다. 저로서는 서로 기가 통하는 분과 함께 일할 수 있는 기회가 주어지지 못한 것이 아쉽습니다. 제가 마리루시 수녀님께 선물할 게 하나 있는데 전근 가신 곳이 어디인지 가르쳐 주시면 고맙겠습니다.

그리고 보내 주신 돈은 잘 받았습니다. 고맙습니다. 한데 추석에 너무 임박하여 받았기 때문에 사용하지는 못했습니다. 두었다가 연말에 무연고 형제들을 돕는 일에 쓸까 생각 중입니다.

이번 추석은 방에 처박혀 책 읽느라고 달구경 한번 못하고 지나쳐 버렸습니다. 그래도 뒤늦게나마 추석 미사를 통해 돌아가신 어르신들의 명복을 빌 수 있어서 위로가 되었습니다.

완연한 가을입니다. 높아지는 하늘같이 자매님의 정신과 꿈도 높아지길 바랍니다. 댁내 두루 평안하시옵길.

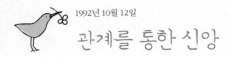

관계를 통한 신앙

날씨가 많이 쌀쌀해졌습니다. 아직 내복은 안 입었지만 해가 지면 담요를 몸에 두르고 있어야 맘이 편합니다. 교도소는 흔히 여름하고 겨울 두 계절밖에 없다고 합니다. 때문에 내복을 입고 있는 기간이 매우 깁니다. 올해는 되도록 늦게까지 내복을 안 입고 버텨 보려고 합니다만 날씨가 어떨는지 모르겠습니다.

지난번 편지를 부치고 제가 좀 무례하지 않았는지 걱정했습니다. 곧 보내신 답장에 자매님도 저와 똑같은 생각이셨다는 말을 듣고 역시 자매님과는 뭔가 통하는 것이 있구나 싶었습니다. 자매님께서 그 동안 제 편지를 통해 주님 앞에 더욱 겸손해지려고 노력했다는 얘기를 듣고 신앙의 본질에 대해 깊이 생각해 보았습니다. 저 역시 자매님을 보고 신앙인의 자세를 잃지 않으려고 항상 노력해 왔기 때문입니다.

신앙이란 흔히 인간과 하느님과의 일대일 관계, 혹은 집단으로서의 사람과 하느님과의 관계라고 생각하기 쉽습니다. 이런 생각이 틀린 것은 아니지만 제가 보기에는 아주 부족한, 일면적인 생각으로 보입니다.

저는 신앙이란 사람과 사람 사이에서 생겨나는 것이라고 봅니다. 이렇게 말하면 사람과 사람 사이에서 생겨나는 온갖 감정, 희노애락애오욕(喜怒哀樂愛惡欲)도 신앙과 같은 것이 되지 않느냐는 반문이 나올 법합니다. 그렇습니다. 저는 그러한 지극히 '인간적인 것' 들이 신앙과 분리될 수 없다고 봅니다. 다만 신앙은 사람 사이에서 일어나는 온갖 감정과 일들을 '사랑' 으로 승화시키는 위력을 가지고 있습니다. 그 위력이 바로 '성령' 의 작용이지요.

사랑을 비유하는 말 중에 이런 것이 있습니다. "사랑한다는 것은 서로 마주 보는 것이 아니라 둘이 같은 곳을 바라보는 것이다." 저는 이 말이 신앙의 본질을 드러내는 적절한 비유라고 생각합니다.

젊은 연인들의 사랑은 서로 마주 보는 사랑입니다. 서로의 에고(ego)가 여과 없이 직접적으로 상대방에게 들어가 박히므로 자신의 에고와 부딪히는 경우에는 언제나 분란이 일어납니다. 분란이 일어나지 않는다면 어느 한쪽이 상대를 일방적으로 지배하고 있다는 증거입니다.

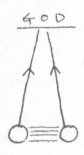

이에 비해 신앙인의 사랑은 하느님을 통하여 이루어집니다. 즉 자신의 에고가 하느님을 통하여 상대방에게 전달되므로 얼마든지 여유롭고 넉넉하게 서로 상대를 받아들일 수 있습니다. 둘 사이의 관계는 하느님을 통과하면서 더욱 가까워지고 긴밀해집니다. 저는 이러한 상태를 신앙이라고 말하고 싶습니다.

한편 하느님과 일대일로 주고받는 관계는 '사람과 사람 사이'가 빠져 있기 때문에 신앙이라고 저는 부르고 싶지 않습니다. 그것은 그저 구도(求道)에 지나지 않습니다. 로빈슨 크루소의 '신앙'이나 깊은 수도원이나 산 속에서 도를 닦는 수도자들의 '신앙'이 이런 것이지요.

이렇게 정리할 때 저는 그동안 어떤 성직자나 교리서 또는 십자가 등을 통하여 신앙을 체험한 것이 아니라 자매님과의 '관계'를 통해 신앙이 무엇인지 알게 된 셈입니다. 물론 이 '관계'가 자매님에게 한정된 것은 아니지만요.

그러므로 우리 신자들은 서로 사랑하면 사랑할수록 하느님께 더욱 가까워지는 것이 되고, 역으로 하느님께 가까워질수록 더욱더 사랑하게 된다고 볼 수 있지요. 그런데 세상의 교회를 보면 하루 종일 하느님하고 붙어 다니는 사람일수록 사람하고는 좀처럼 가까이 하지 않으려고 하는 경향이 있습니다. 반면에 사람 사이의 얄팍한 정에 길들어 있는 비신자들은 하느님을 받아들이게 되면 현재 즐기고 있는 달착지근한 정감들 대신에 엄숙, 경건한 분위가 자리 잡을지도 모른다는 막연한 두려움을 가지지요. 이 모두가 신앙을 단지 하느님과 인간 사이의 관계로만 보기 때문에 나타나는 부정적인 현상입니다.

　제가 자매님을 깊이 사랑하고 있다는 것을 신앙적으로 묵상하다 보니 이렇게 말이 어려워진 것 같습니다. 아무튼 제게 이런 사색의 계기를 마련해 주신 자매님의 편지 고맙습니다.

　하루 빨리 눈병이 낫기를 바라며 이만 줄입니다.

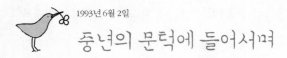

1993년 6월 2일

중년의 문턱에 들어서며

비바람이 몰아칩니다. 폭풍이랍니다. 남쪽 지방에서 많은 피해가 발생했다는군요. 하루 종일 방 안에만 앉아 있으니 세상 어느 한 구석이 무너졌다 한들 제게는 딴 나라 이야기같이 들립니다. 그저 창살 너머로 떨어지는 낙숫물 소리에 뭐 그리 답답할 것도 없는 마음을 실어 봅니다.

진중하니 앉아서 자매님과 얘기나 좀 해야지 하면서도 잘 안 됩니다. 쓸데없이 신문 잡지나 뒤적거리고, 꼬부랑글씨 한두 시간 들여다보고 나면 벌써 진력이 나서 드러눕게 되거든요. 그렇다고 게을러진 건 아닌데 하는 일 없이 하루가 후딱후딱 넘어갑니다. 어떤 때는 벌컥 겁이 나기도 합니다. '이렇게 헛되이 늙어 가는 것일까?' 하는 의구심에 말입니다.

자매님도 아이들에게 파묻혀 지내시다가 문득문득 그런 생각이 드는 건 아닌지 모르겠습니다. 징역 들어가기 전에는 새까맣던 머리가 지금은 '속알머리'가 다 빠져서 머릿속이 훤히 들여다보입니다. 아침에 일어나면 헝클어진 머리에 빗질하기도 겁이 납니다.

이것이 과연 인생의 조락인지 아니면 경륜의 표시인지 판단이 서지 않습니다. 내년이면 징역 10년째를 맞이합니다. 나이 서른에 들어와서 어느덧 중년의 문턱에 들어서게 된 것입니다. 中年, 아니 重年이라야 더 어울릴 것 같습니다. 이제부터는 머리에 돌을 달고 땅바닥만 살펴보고 다녀야 할 나이지요. 몸도 마음도 조금씩 무거워지는 것을 느낍니다.

지난주에 치과 치료를 모두 마쳤습니다. 경과는 만족할 만합니다. 덕분에 식사 시간이 즐겁습니다. 정성들여 치료해 주신 임 선생님께 감사드립니다. 그리고 보내 주신 칫솔도 고맙게 받았습니다. 열심히 칫솔질하겠습니다.

디냐 자매님, 부디 건강하십시오. 임마누엘과 아이들 모두 역시.

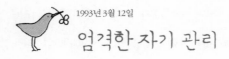

엄격한 자기 관리

오랜만에 펜을 듭니다.

오늘 마침 〈성서통신〉에서 구약 중급 책자와 문제지를 받았습니다. 언뜻 살펴보니 입문과정보다 훨씬 신경을 곤두세워 공부해야 할 것 같습니다. 자매님께서는 올해 복학 신청을 하셨는지 궁금합니다. 웬만하면 같이 공부하며 의논도 했으면 좋을 듯싶은데…….

밖에서 볼 때 저처럼 감옥 안에서 독방 생활을 하게 되면 하루 종일 무척 많은 시간을 공부에만 몰두할 수 있으려니 하겠지만 사실은 그렇지 않습니다. 마음은 그렇게 하고 싶은데 현실적으로 그게 잘 안 됩니다. 하루 중 가장 시간을 많이 잡아먹는 게 잠자는 것 빼고는 밥 먹는 시간입니다. 밥 먹을 준비하고, 밥 먹고, 설거지하고 잠시 소화시키는 시간 등을 합하면 거의 여섯 시간 가까이 됩니다.

낮 동안에 반나절은 운동하고 또 반나절은 신문 구독에 방송 청

취하고 나면 정작 공부할 수 있는 시간은 몇 시간 안 됩니다. 게다가 편지까지 쓰게 되면 어떤 날은 책 한 줄 못 읽고 잠자리에 들기도 합니다. 저는 이런 식의 시간 낭비를 매우 싫어하는데 이곳 생활이 그렇게 짜여 있다 보니 저항하기가 어렵네요.

모든 자유가 억압되어 있는 이곳이지만 정작 자기만을 위한 공부를 하려면 그 자유를 더욱 제한하여 자신에게 지극히 엄격하지 않으면 안 됩니다. 징역 초기였던 대전교도소에 있을 때가 엄격무비한 자기 관리 시절이었습니다. 그 무렵에는 하루에 책을 몇 권도 읽고는 했지요. 징역이 오래되다 보니 저도 모르게 점점 나태해짐을 느낍니다. 앞으로도 창창히 남은 징역 오늘 못하면 내일하지, 차고 넘치는 게 시간 아닌가 하며 게으름 피우다 보면 한 일도 없이 머리에 흰서리만 희끗희끗 늘어 가는 자신을 발견하고는 깜짝 놀랍니다.

자매님, 갈수록 뵙기도 힘들고 편지하기도 힘든데 외람스런 부탁 하나 합니다. 자매님 독사진과 가족사진을 좀 보내 주시겠습니까? 그래야 나중에 집에 찾아가서도 아이들 얼굴 알아보며 이름이라도 불러 줄 것 아닙니까? 부탁합니다.

이곳 공소 소식입니다. 이번 달 들어 회장이 바뀌었습니다. 마르티노 형제가 신상에 문제가 생겨 그만두고 유기훈 프란시스코 형제가 새로 맡았습니다. 공소에서 가장 고참이고 신앙심도 돈독합니다. 몸이 작고 리더십이 조금 부족한 것이 걱정되기는 합니다만 주위의 형제들이 협력하여 꾸려나가면 잘 해나갈 것으로 봅니다.

이제는 제가 종교방을 떠난 지 2년이 넘어 집회에 나가면 삼분의 이가 모르는 얼굴입니다. 게다가 관리들의 감독과 감시는 갈수록 험해지니 미사에 나가도 가슴에 찬바람이 부는 것 같습니다. 감옥 안에서 '공동체적 신앙'을 키워 나가기란 참으로 어려운 일입니다. 저들은 막강한 권력의 힘으로 우리들을 끊임없이 파편화시키며 물건 취급하는 데 비해 우리의 신심은 바람 앞의 촛불처럼 흔들흔들 하니……. 자매님, 특별히 이 사순 기간 동안 저희 공소를 위해 기도하여 주시길 바랍니다.

개나리꽃 필 때쯤, 화사한 봄 향기 속에서 자매님을 한번 뵙고 싶습니다. 부디 평안하시길 바랍니다. 임마누엘과 우리 공주님들의 건강도 아울러 빕니다.

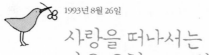

1993년 8월 26일

사랑을 떠나서는
남을 욕할 수도 탓할 수도 없다

비가 옵니다. 며칠째 계속.

덥지 않은 여름. 모기 없는 여름. 물이 풍성한 여름.

여느 때 같으면 '바로 이런 여름이었으면!' 했겠으나, 실제로 이런 식으로 여름이 후딱 지나가 버리고 나니까 '뭐, 이따우 여름이 다 있어!' 하는 실망감이 가득합니다. 역시 계절은 계절다워야 그 안에 사는 사람도 기운이 나는 모양입니다. 그래서 그런가, 올여름은 유난히도 짜증나고 지루한 시간이었습니다. 큰길 네거리에 교통체증이 생기면 그에 잇닿은 작은 길에도 차들이 막히듯 그런 답답함 속에서 여름 같지도 않은 여름을 보냈습니다. 자매님의 여름은 어떠했는지요? 아이들도 모두 건강하고요?

예전에는 자매님께 편지 쓰는 시간이 제게 가장 소중한 시간이었는데, 요즘은 몇 달에 한 번 펜을 들기도 힘드니 왠지 떳떳치 못한 느낌이 듭니다. 무얼 잘못했다는 것이 아니라 자매님께 편지 쓸 때는 언제나 마음을 가다듬고 신앙고백하듯 자신을 돌이켜 보는 시간을 가졌었거든요. 그런데 편지를 하지 않으니 자연히 그런 시간도 적어졌다고 할 수 있지요.

아침에 일어나면 주기도문으로 시작되는 아침기도와 함께 기막힌 구절들이 줄줄이 꿰어 있는 프란시스코의 '평화의 기도'를 습관처럼 외우고 하루 일과를 시작합니다. 적어도 아침나절까지는 그러한 기분이 지속됩니다. 하지만 낮이 되어 교도소 특유의 강제된 상황 속에서 언짢은 일들과 부딪히게 되면 어느새 '평화의 기도'는 십만 팔천 리 달아나 버립니다. 실컷 제 분에 겨워 행동하고는 "상대방과 나는 정치적으로 보아 결코 화해할 수 없는 적대적 관계에 있으므로 어쩔 수 없다."고 자위하기도 합니다. 그래도 마음은 편치 못합니다. 예수님을 생각합니다. 위선과 기만에 찬 무리들을 무섭게 질타하셨으면서도 원수를 사랑하라 하시던 지독한 모순 덩어리인 예수님을.

이 모순, 이 이율배반의 근원은 무엇일까? 흐려졌던 물이 맑아지길 가만히 기다립니다. 결국은 기도할 때마다 되뇌던 '사랑'임을 알게 됩니다. 사랑을 떠나서는 남을 욕할 수도 탓할 수도 없습니다. 만약 사랑도 없이 그런 일을 한다면 그는 이미 악마와 한쪽 손을 잡은 것이나 다름없습니다.

돌이켜 보건대 이번 방학 한 달 동안 나를 짓눌렀던 답답함은 악마와의 싸움 때문이었습니다. 이제부터는 '평화의 기도'가 끝나면

오늘 하루 '평화의 기도' 중 단 한 구절만이라도 제대로 실천할 수
있도록 빌어야겠습니다.

주여, 나를 당신의 도구로 써 주소서.
미움이 있는 곳에 사랑을
다툼이 있는 곳에 용서를
분열이 있는 곳에 일치를
의혹이 있는 곳에 신앙을
그릇됨이 있는 곳에 진리를
절망이 있는 곳에 희망을
어두움에 빛을
슬픔이 있는 곳에
기쁨을 가져오는 자 되게 하소서.
위로받기보다는 위로하고
이해받기보다는 이해하며
사랑받기보다는 사랑하게 하여 주소서.
우리는 줌으로써 받고
용서함으로써 용서받으며
자기를 버리고 죽음으로써
영생을 얻기 때문입니다.

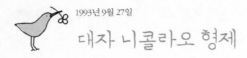

대자 니콜라오 형제

이제 하룻밤만 더 보내면 추석입니다.

한가위 보름달같이 둥실 떠오르는 디냐 자매님의 웃음을 그리며 소식 전합니다. 사실 오늘은 소 내 운동회 테니스 경기에 출전하느라고 심신이 몹시 피곤한 상태이지만 추석 연휴를 지내고 나면 언제 펜을 들 기회가 생길지 몰라서 무리를 부려 봅니다. 그도 그럴 것이 오늘 아침도 먹는 둥 마는 둥 하고 운동장에 나가선 무려 네 시간 가까이 경기를 하였으니 이 나이에 무리는 무리였지요. 결과는 안타깝게도 결승에서 져 2등을 하고 말았습니다.

지난주 목요일 이곳 공소에서 1년 만에 영세식이 있었습니다. 모두 열 명이 세례를 받았는데 그중에 저의 대자(代子)도 포함되어 있었습니다. 이번 영세식은 예년과는 달리 가급적 내부에서 대부를 찾아보도록 수녀님께서 권유하셨다 합니다. 하지만 저의 경우는 이미 수개월 전부터 그 형제의 부탁을 받고 영적 교류를 계속해 왔지요.

그의 이름은 김종하 니콜라오입니다. 스물네 살. 웃는 게 아주 매력적인 귀여운 형제입니다. 개인사를 들으니 제 막내 동생과 너무도 흡사하여 더욱 관심이 갔습니다. 제 막내 동생이 중학생 때 야구를 하다가 부모님의 반대로 야구부가 없는 고등학교를 가서는 소위 불량 학생들과 어울려 공부하고는 거리가 먼 학교생활을 했거든요. 다행히 집안에 형제와 어른이 많아 범죄의 길로 빠지지는 않았지만 그놈의 대학을 간다고 여러 차례 재수를 하는 바람에 아까운 이십 대를 다 보내고 말았지요. 지금은 착실히 집안일을 도우며 새로운 자기 인생을 개척해 나가고 있습니다만, 중학 시절 동생의 특기와 희망을 무시하고 무조건 공부만 강요했던 부모님을 생각하면 지금도 야속하기 그지없습니다.

대자 니콜라오 형제도 중고 시절까지는 제 막내 동생과 스토리가 똑같습니다. 다만 니콜라오 형제는 고교 시절 학교를 끝까지 다니지 못하고 범죄의 길로 빠져 버렸다는 것만이 다릅니다. 그가 어떻게 해서 범죄의 길에 들어섰으며, 어떤 사람들과 어울려 어떤 범죄를 저질렀는가는 사실 이 시대에 너무도 진부한 얘기가 되어 여기에 적지는 않겠습니다. 다만 제가 이곳에서 범죄를 저질러 수형자가 된 많은 젊은이의 이야기를 들으며 공통적으로 느낀 것은 자녀 교육에 대한 부모의 터무니없는 아집과 무지의 폐해가 너무도 크다는 것, 그리고 부모가 교육자로서의 역할을 제대로 못했을 경우에 이를 대신할 사회교육 장치가 거의 전무하다는 것입니다. 결국 교육자 역할을 제대로 못한 부모 밑에서 자란 대다수의 청소년이 범죄의 나락에 떨어지는 일은 너무도 쉽습니다.

니콜라오 형제를 처음 본 것은 3년 전입니다. 그때는 제가 공소 봉사원 노릇을 하고 있을 때인데, 그 무렵 형제는 신자 수가 제일 적었던 8공장 소속이었기 때문에 저는 그 형제를 중심으로 신자를 불려 나갈 심산으로 특별히 관심을 쏟았지요. 그런데 이 친구가 집회 날이 되면 다른 친구들은 집회에 내보내면서 정작 자기는 안 나오는 거예요. 그럴 때마다 내가 찾아가서 뭐라 그러면 공장에서 반장 심부름 하느라고 몸을 뺄 수 없다고 그러는 겁니다. 때마침 제가 그 공장 반장을 잘 알고 있었기 때문에 찾아가 신자들의 집회 참석에 협조 좀 해 달라고 부탁까지 했지요. 그 뒤로 띄엄띄엄 집회에 나오고는 하였는데 제가 워낙 관심을 가지고 눈짓을 주니까 어떤 때는 저를 피하는 것 같더군요.

그럭저럭 하다가 저는 다시 독방 생활로 들어가고 계절이 몇 번 바뀌었습니다. 그러던 어느 날 집회에서 그 형제를 만났는데, 얼마 전부터 공장도 옮기고, 생활하는 방도 종교방으로 옮겼다며 수줍게 얘기하는 것이었습니다. 그 소리를 듣고 얼마나 기쁘고 대견한지 형제의 등을 두들겨 주었습니다. 그로부터 얼마 후 교리 수업을 마친 니콜라오 형제가 제게 와서는 이번 영세 때 대부가 되어 주지 않겠냐고, 아무래도 자기를 가톨릭으로 인도해 주신 분을 대부로 삼고 싶다고 부탁하기에 저는 기쁜 마음으로 받아들였습니다.

　영세 당일 도유(병이나 악마를 쫓거나 신성한 힘을 집어넣는 상징적인 뜻으로서 몸에 기름을 바르는 종교 의식)를 마친 그가 눈물을 훔치는 것을 보고 저 역시 콧날이 시큰했습니다. 죄악에 빠져 허우적거렸던 지난 날을 한 줌의 물로 씻어 내는 그 순간을 결코 평탄한 마음으로 보낼 수는 없었을 것입니다. 사실 새 사람이 된다는 것은 세례 이후가 더욱 어려운 법이지요. 하지만 저는 니콜라오 형제의 타고난 선함과 밝음을 믿습니다. 어린 시절 너무도 귀엽게 잘 웃어 별명이 '해님'이었다고 하니 하느님께서는 틀림없이 그를 햇빛 찬란한 영생의 세계로 인도해 주실 것입니다. 이번 달 디냐 자매님의 기도 목록에 우리 니콜라오 형제도 꼭 넣어 주시길 바랍니다.

　항상 건강 유의하시길 빌며.

왕바랭이 함정

어렸을 때 '뚝방길'이나 논두렁을 걷다가

곧잘 누군가가 장난질한 풀매듭에 발이 걸려 넘어진 일이 생각납니다.

이렇게 넘어지고 나면 저도 분풀이로 그 언저리에 몇 개의 풀매듭을

더 만들어 놓고는 자리를 떴지요. 이때부터 이미 성질이 고약했나 봅니다.

이 매듭에 사용한 풀이 바로 왕바랭이였습니다.

1994년 디냐 자매님에게 보낸 편지

바우 올림

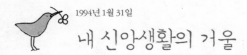

내 신앙생활의 거울

새해 첫 달이 지나가기 전에 문안 인사드리려고 이렇게 부랴부랴 펜을 듭니다. 이 겨울 어떻게 지내시는지요? 여전히 아이들에게 둘러싸여 정신이 없겠지요? 사실 정신이 없다는 건 인사치레로 하는 말이고 인생복락 중에서 자신이 낳고 기른 자식들에게 둘러싸여 희희낙락하는 것보다 더 큰 복이 어디 있겠습니까? 물론 농사 잘못 지으면 자식 같은 '웬수'가 따로 없겠지만요.

얼마 전에 무슨 생각을 하다가 문득 자녀분들 이름을 불러 보려니 도통 기억이 나야지요. 그동안 자매님께서 편지로 여러 번 언급하셨고 또 저도 편지에 적은 일이 있는데요. 해서 옛날 편지들을 뒤졌지요. 봉투에서 알맹이를 꺼내어 확인하고 또 꺼내 보고 하다가 간신히 찾았습니다. 뭐 제가 지금 아이들에게 무슨 특별히 하고 싶은 말이 있어서가 아니라 제게 있어 자매님의 존재가 어떤 것이었나를 새삼 생각해 보니 말 한마디 나눠 보지 못한 아이들마저 마치 조카처럼 느껴지는 것이었습니다. 그래서 제 조카들처럼 이름을 외워 두어야겠다는 생각이 들었습니다.

옛 편지들을 꺼내어 이것저것 읽으면서 그동안 자매님으로부터 참으로 많은 은혜를 입었구나 하는 생각이 들었습니다. 또 어떤 것들은 처음 받아 읽었을 때와 전혀 다른 느낌으로 다가오는 것도 있었습니다. 이 편지들은 어떻게 보면 자매님의 구체적인 사랑과 신앙의 표현인데 이것을 그냥 봉투 안에 넣어 깊숙이 처박아 두기보다는 한데 묶어 곁에 놔두고 심심할 때 한 번씩 들춰 보면 새로운 힘이 날 것 같았습니다. 그래서 알맹이만 다 빼어 풀칠해서 묶고 장정을 하니 예쁜 책자가 하나 만들어졌습니다.

그런데 자매님의 편지를 정리하면서 재미있는 사실을 하나 발견했습니다. 첫 편지나 3년 후에 쓰신 편지나 그 톤과 친근함이 — 물론 이것은 엄격히 절제된 친근함이지만 — 한결같다는 것입니다. 보통은 처음에 좀 조심스럽다가 시간이 지나면서 점차 친근해지는 게 일반적인데 자매님은 그렇지 않았습니다. 이것은 자매님께서 신앙으로 닦은 인격 때문인 것으로 볼 수도 있겠지만, 저로서는 무언가 처음부터 서로 통하는 게 있지 않았겠는가 하고 생각해 봅니다.

제가 잘 알지도 못하는 자매님께 편지를 해야겠다고 생각한 것은 지금으로부터 4년 전 겨울 교무과 난롯가에서 맞닥트렸을 때였습니다. 그때 들여다본 자매님의 눈이 너무도 선하시고 또 진지해 보여

서 '이분이라면 신앙적으로 좋은 자문역이 되실 수 있지 않을까?'
하는 생각이 들었습니다. 돌이켜 보건대 그 이후 대철 베드로가 이
곳 안동 담 안에서 대과 없는 신앙생활을 할 수 있었던 것은 자매님
의 역할이 절대적이었다고 생각합니다. 자매님을 제 신앙생활의 거
울로 생각했으니까요. 단순한 지식 따위로 본다면 제가 자매님보다
훨씬 더 많은 것을 알고 있을지 모르겠습니다. 그러나 그것이 생활
속에서 빛으로 나타날 때는 자매님은 언제나 거울과 같이 빛나는 존
재였습니다. 거울이 빛을 발하는 데 복잡한 지식 따위는 필요 없지
요. 그저 겸손하게, 순진하게 저 무한으로부터 나오는 빛을 되비치
기만 하면 되니까요. 제가 보기에 자매님은 바로 그런 거울이었습니
다. 그래서 저는 주저하지 않고 제 안의 내밀한 반성과 기도를 '디냐
거울'에 비추어 보았던 것입니다. 이런 거울을 제 곁에 구비해 놓으
신 하느님께 진정 감사드립니다!

　물론 제가 이런 말을 하면 자매님은 당장에 속이 거북해지고 눈
을 흘기시겠지만, 지난 날을 돌이켜 보면서 그동안 후원해 주신 데
대한 감사의 말씀과 함께 앞으로도 계속 변함없는 의지처가 되어 주
십사 부탁하는 것이니 그냥 그렇게 넘어가 주셨으면 합니다.

　지난해엔 자매님께 보낸 편지가 겨우 예닐곱 장밖에 아니 되는
것 같습니다. 그것은 그만큼 제가 신앙적으로 게을렀다는 것이지요.
왜냐하면 제가 자매님께 편지를 쓸 때는 단순히 소식을 전하기 위해
서도 쓰지만 주로 신앙적으로 자신을 되돌아볼 때 '거울을 들여다

보듯이' 쓰는 것이거든요. 올해는 작년보다 더 빡빡한 계획을 세워 놓았지만 자매님께 더욱 자주 편지해야겠다고 다짐했습니다. 제 자신을 위해서라도. 미리 부탁드릴 것은 제 편지를 받으시고 답장을 해야겠다는 강박으로부터 좀 자유로워지셨으면 하는 것입니다. 그렇지 않으면 생활에 쫓기시는 자매님께 부담을 드리는 것 같아서 오히려 제가 거북해집니다.

디냐 자매님, 올 한 해 원하시는 모든 일이 주님 사랑 속에 다 이루어지길 바랍니다. 다가오는 설 즐겁게 보내시고요.

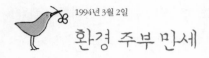

환경 주부 만세

"짝짝짝, 환경 주부 만세!"

〈생활성서〉 3월호에서 뜻하지 않게 자매님 글을 접하고 마음의 박수를 힘껏 쳤습니다. 평소 생활 속에서 환경 보존을 위해 노력하고 계신다는 이야기는 들어 알고 있었지만 그렇게 철저히 의식적으로 실천하고 계신 줄은 몰랐습니다. 더군다나 아이들까지 가세하여 어려서부터 환경 의식을 가지고 자랄 수 있게 하셨으니 〈생활성서〉에 백번 나오고도 남습니다.

글을 쭉 읽어 보니 자매님의 차분하고 꼼꼼한 성격 그대로 생활 속에서 환경 운동을 실천하고 있음을 알겠습니다. 아마도 많은 주부들이 그 글을 읽으면 "어떻게 그렇게까지……" 하면서 반신반의할지도 모르겠습니다. 그러나 환경의 중요성과 그 구조를 이해하신 분이라면 열 가지를 잘하다가도 한 가지에서 구멍이 나면 도루묵이 되고 만다는 것을 잘 알기 때문에 얼마든지 그리 될 수 있다고 생각합니다. 그러나 편리함만을 추구하는 요즘에 결코 쉬운 일은 아닙니다. 저는 매일 듣는 〈싱글벙글 쇼〉에서 환경보호는 아니지만 알뜰살림을 위하여 철두철미하게 근검절약하며 사는 주부들이 상당히 있다는 것을 압니다. 이런 분들이 환경에 대해 눈을 뜨게 된다면 실천이 그리 어렵지 않으리라고 생각합니다.

글 중에 손빨래를 하시며 느꼈다는 단상이 아주 가슴에 와 닿습니다. 손빨래가 단지 편리 추구라는 관점에서 보면 낭비와 수고이겠지만, 생명의 관점에서 보면 창조와 보람이라는 깨달음은 실로 소중한 이야기입니다.

손빨래 하니까 생각나서 하는 말인데, 사실 요즘 주부들더러 편리한 세탁기 대신 손빨래를 하라고 하면 미쳤냐고 말하겠지요. 설사 환경보호 운운하며 설득한다 하더라도 그 수고로운 시간을 견디지 못할 듯합니다. 환경보호라고 하여 무조건 옛날 방식으로 되돌아가서는 사람들을 설득하기가 어려울 것입니다. 가령 빨래의 경우, 현대의 첨단 세탁기처럼 비싸지도, 물을 많이 소비하지도, 세제를 많이 사용하지도 않으면서 주부들이 손쉽게 작동할 수 있는 — 고장마저도 주부들이 쉽게 고칠 수 있는 — '인간적인 빨래 기계'가 있었으면 합니다. 이것이 바로 〈작은 것이 아름답다〉에서 슈마허 박사가 말한 '적정기술'입니다.

물론 노동이란 그 자체로서 의미가 있는 것이지만 도구와 기계를 사용하여 조금이라도 노동시간을 줄일 수 있다면, 그 시간을 예술 활동 등과 같은 또 다른 창조적 행위로 돌릴 수 있을 것입니다.

저는 우리나라에도 하루빨리 '적정기술 연구소' 같은 것이 세워져 보통 사람들의 힘든 노동을 생태학적인 차원에서 덜어 주는 시절이 왔으면 좋겠습니다. 아무튼 자매님의 환경보호 노력은 이 시대 모든 주부들이 따라야 할 본보기라 하겠습니다.

자매님 글의 마지막 문장을 조금 변형시켜 다음과 같은 표어를 만들어 보았습니다.

"환경보호는 곧 가족사랑"

그런데 쓰고 보니 뒤에다 괄호 치고 '그 역은 성립 안 됨'이라고 써 넣어야 할 것 같군요. 다시 한 번 '환경 주부 만세!'를 되뇌며 이만 줄입니다. 부디 건강하시길.

1994년 4월 15일

넘치지도 모자라지도 않게

찌개의 간을 맞출 때, 만두나 호떡을 빚을 때, 대광주리를 엮을 때, 오랜만에 반가운 친구를 맞이할 때, 창틀에 페인트칠을 할 때, 아기에게 우유를 먹일 때, 백 점 받고 온 아이를 칭찬할 때, 아이를 꾸중할 때, 수술 후 실밥을 뜯을 때…….

이 모든 '때'의 공통점은 무엇이겠습니까? 그것은 '넘치지도 모자라지도 않게'입니다. 우리네 일상의 삶은 바로 이 절묘한 균형 위에 서 있습니다. 조금만 지나쳐도, 조금만 모자라도 이 균형은 깨져 버리고 맙니다. 무릇 도통한 사람이란 이 균형 상태를 지속적으로 유지할 수 있는, 또는 한쪽으로 기울었다가도 언제든지 균형을 회복할 줄 아는 사람이 아닌가 합니다. 예를 들어 겸양과 오만의 문제를 살펴봅니다.

흔히 남 앞에서 찍소리도 않고 수더분하게 앉아 있는 사람더러 참 점잖고 겸손하다고 합니다. 우리 가톨릭교회에서 자주 볼 수 있는 타입이지요. 제가 보기에 이런 사람은 오만과는 정반대 편에 서 있는 또 다른 불균형 상태의 사람일 뿐입니다. 진정한 겸양은 할 말은 하되 지나치지 않고, 말과 행동을 삼가되 그 모습이 아주 자연스러운 상태를 말합니다. 여기서 조금이라도 지나치거나 모자라면 그는 곧 오만하다거나 바보 같다는 소릴 듣습니다.

어떤 때 자신이 하는 일이 아주 술술 잘 풀려 기분이 좋을 때가 있습니다. 기분이 좋으면 평소에 안 하던 말도 얼결에 나오기 마련입니다. 여기에 술까지 먹어 놓으면 이런 상태가 가속화되지요. 이럴 때 곁에서 누가 조금 추켜 준다거나 반대로 깎아내리면 자기도 모르게 지나친 말을 하게 됩니다. 이 지점에서 자제할 줄 아는 사람이야말로 진정 겸양을 아는 사람이라 할 수 있겠지요.

저 자신도 때때로 이런 경험을 합니다. 제 스스로 겸양의 미덕이 부족한 사람이라고 여기고 있기 때문에 늘 조심하다가도 어느 순간에 "이러면 안 되는데……" 하다가 결국 지나쳐 버리고 맙니다. 이 감시 덕분에 많이 지나치지는 않지요. 그래도 조금이라도 지나친 것은 지나친 것. 그때마다 엄중히 자책하지만 사람의 못된 습관은 쉽사리 고쳐지지 않는군요.

"넘치지도 않고 모자라지도 않게."

한 생을 살아가면서 좌우명으로 삼아도 좋을 듯한 문구입니다.

디냐 자매님, 부활 인사가 늦었습니다. 이 좋은 부활 시기를 어떻

게 지내시고 계시온지? 저는 오늘 봄볕이 하도 좋아 운동장을 이리
저리 거닐다가 텃밭 언저리에 무더기로 나 있는 냉이를 캐었습니다.
그동안 텃밭 언저리의 풀들은 흙 무너지는 것을 방지해 주는 역할을
하므로 몇 년 동안 건드리지 않았더랬습니다. 아직 꽃대도 아니 올
라온 조그만 냉이이건만 캐어 보니 뿌리가 한 뼘이 넘는 것이 허다
했습니다. 녀석들이 위로 무성하게 자라면 언제고 다칠 것 같으니까
땅 속으로만 키운 것 같습니다.(반면에 마당 귀퉁이에 자리 잡은 냉이는
지상부를 무성하게 키우고 있습니다.)

저녁에 된장을 적당히 풀어서 찌개를 끓이니 구수한 냉이 뿌리
냄새가 몸 안 가득히 퍼지는 것이었습니다. 자매님께서도 이미 봄나
물 시식은 하셨겠지요? 저는 가끔 이런 공상을 합니다. 이 담에 세
월이 좋아지면 디냐 자매님 가족들을 저의 자연 농장에 초대하여 온
갖 야생초로 마련한 그야말로 신토불이 식사를 대접해 드려야지 하
는 공상을. 어때요, 근사하지요? 틀림없이 그럴 날이 올 것입니다.

앞산의 고운 개나리와 진달래가 자매님이 계신 창밖으로도 보이
는지요? 거기다 대고 우리 봄 인사를 나누기로 하지요.

부디 건강하시기를. 우리 삼공주와 임마누엘에게도 봄 인사를.

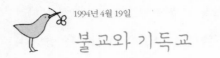

불교와 기독교

다냐 자매님, 엊그제 '넘치지도 모자라지도 않게'를 주제로 편지를 쓴 후, 주말에 오래간만에 불교 책을 펼쳤습니다. 잘 아시겠지만 불제자들의 최대 희망은 견성(見性)하는 것입니다. 견성이란 일체의 분별지(分別智)를 떠나 대자유의 상태에 이르는 것입니다. 그날 읽은 불서의 내용도 바로 이 분별지에 대한 것이었습니다. 분별지를 떠난다는 것은 일체의 번뇌로부터 해방되었다는 것인데 그게 과연 쉽겠습니까? 넘치지도 모자라지도 않게 하는 것도 어렵지만 넘친다느니 모자란다느니 하는 분별 의식 자체로부터 자유롭다는 것은 더더욱 어렵습니다.

그러고 보니 부석사 총무 스님 말씀이 생각납니다. 이달 초에 저는 부석사로 사회참관을 다녀왔습니다. 고맙게도 그날 총무 스님께서 설법을 들려주셨는데 불교 이치의 심오함을 강조하다 보니 그만 기독교를 홀시하는 듯한 얘기를 하고 말았습니다. 이야긴즉 이렇습니다. "예수가 원수를 사랑하라고 외쳤지만 우리 불교는 그렇게 얘기 안 해요. 원수를 만들어 놓고 사랑하면 뭘 합니까? 애당초 원수를 만들지 말아야지." 그러더니 조금 있다가 한마디 더 하셨지요. "예수가 오른손이 한 일을 왼손이 모르게 하라고 했지만 보시하는 데 있어서는 왼손이 했다 또는 오른손이 했다 하는 분별심 자체가 없어야 해요! 이렇게 불교는 기독교보다 더 깊은 의미를 가지고 있습니다."

이야기를 듣는 순간에는 그럴듯하여 "과연!" 하면서 고개를 주억거리기도 했지요. 적어도 이치상으로 따지면 총무 스님의 말씀은 다 옳습니다. 그러나 불교의 문제는 바로 이 심오함과 완벽성입니다. 도대체 중간의 길이 없어요. 속진에 묻히어 사는 사람더러 무조건 분별심을 버리라니 그게 됩니까? 그러자니 보통의 불교 신자들은 그 완벽하고 심오한 교의에 압도되어 자신의 몸은 탐진치에 빠진 채 나무아미타불만 되뇌는 타력 신앙인이 되는 것입니다.

사실 예수님 말씀대로 살면 원수가 생길 수 없습니다. 우리는 이미 주어진 세상 속에 내던져진 존재이므로 우리의 의지와 상관없이 적대 관계가 설정될 수 있습니다. 불교와 기독교가 다른 점이 여기에 있습니다. 기독교가 이미 존재하는 세상의 악에 대하여 사랑과 희생으로 '투쟁'함으로써 '원수'를 없앤다면, 불교는 세상의 악을 초월하여 내적인 대자유를 추구함으로써 새롭게 '원수'를 만들지도 않지만 이미 있는 '원수'는 그대로 내버려둡니다. 이미 있는 원수들은 구태여 신경 쓸 필요 없이 그 업보에 따라 그 대가를 충분히 받을 것인즉, 자신이나 살아생전 선업(善業)을 부지런히 닦아 기약할 수 없는 후일에 부처로 다시 태어나자는 것입니다. 불교의 이런 측면이 '사회 교리'를 만들어 내는 데 어려움을 주고 있다고 봅니다.

인간은 자기 행위의 주체로서 자기가 한 행동에 대해 분명한 의식을 지니고 있습니다. 불교에서 보시 행위에 대한 분별심을 없애라는 것은, 그러한 의식에 사로잡혀 보시의 의미를 손상치 말라는 경구이지, 누구나 그런 경지에 있어야 한다는 것은 아닐 겁니다. 그러고 보면 왼손이 한 일을 오른손이 모르게 하라는 예수님의 말씀은 보통 사람들이 충분히 알아듣고 실천할 수 있는 경구인 것이지요.

쓰다 보니 스님의 말씀에 대해 제가 예수님 말씀을 변호하는 형식이 되고 말았습니다만, 그 말씀 역시 보통 사람들이 실천하기 어려워서 그렇지 옳은 말씀임에는 틀림없습니다. 그날 저는 대웅전에서 삼배하는 법을 배워 아미타불전에 예를 올렸습니다. 누구 같으면 우상 숭배하였다고 걱정하겠지만, 저는 왠지 부처님께서 기분 좋아하시는 것 같아 마음이 느긋해지더라고요. 비가 와서 앞산의 솔잎들이 한층 파래졌습니다.

곧 있으면 나비도 날아들겠지요? 건강하십시오.

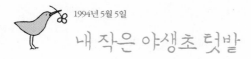

고맙습니다. 보내 주신 물건과 엽서 잘 받았습니다. '깔깔이'는 마침 개수가 딱 맞아떨어져서 사동에 함께 있는 동료들과 나누어 가졌습니다. 여름철이 되면 운동하고 나서 간단히 샤워만 하기 때문에 긴히 소용된다고 모두들 고마워합니다. 양말은 무연고 형제들(연고자가 없어 외부로부터 차입물이 거의 없는 형제들)에게 돌아갈 수 있도록 가톨릭 회장에게 줄 예정입니다.

참으로 오랜만에 단비가 내려서 초목들이 그렇게 좋아할 수가 없습니다. 어제 비온 직후에 운동장 텃밭에 가 봤더니 몇 주 전에 뿌린 푸성귀들이 한꺼번에 발아하여 기운차게 떡잎을 밀어내고 있었습니다. 올해는 모처에서 씨앗을 구해 작년보다 훨씬 다양하게 파종할 수 있었습니다. 문제는 심을 땅이 없어서 야생초 화단 여기저기에 뿌릴 수밖에 없었습니다.

밭에는 예년대로 상추와 들깨, 쑥갓을 뿌리고 한쪽 구석에 열무를 조금 뿌렸습니다. 밭 한 고랑에는 일부러 약초로 쓰려고 쑥과 꽃풀을 잔뜩 심었습니다. 작년 가을에 조성했기 때문에 아직 이파리의 세력이 꾀죄죄합니다. 한 해쯤은 더 묵혀야 실한 잎을 딸 수 있을 것 같아요. 그 밖에 야생초 화단 구석구석에 심어 놓은 것들을 열거하면 다음과 같습니다.

부추, 질경이, 녹두, 방아풀, 검은콩, 호박, 오이, 옥수수, 참마, 돌나물, 딸기, 참외 이상이 식용으로 쓰려고 일부러 심은 것들이고, 그외에 길가 들판 어디에서나 볼 수 있는 고들빼기, 씀바귀, 마디풀, 방가지똥, 조뱅이, 애기똥풀, 박주가리덩굴 등과 같은 야생초들이 한 스무 가지 있습니다. 이렇게 적고 보니 화단이 무척 큰 것 같지만 실은 폭 1미터에 길이 7~8미터밖에 안 되는 작은 화단에 불과합니다. 그러니 위에 적은 것들이 다 자랐을 경우 부득이 교통정리를 하지 않으면 안 됩니다.

이 친구들에게는 두 천적이 있습니다. 천재(天災)와 인재(人災)입니다. 천재란 토질이 워낙 박하여 깻잎을 따 봐야 시장에 나오는 것의 절반 크기밖에 안 된다는 것이며, 인재란 제가 없는 사이에 일반 재소자들이 운동 시간에 나와서 무단히 따거나 밟는 것입니다. 그래도 어쩔 수 없는 것이 열악한 교도소 실정에 이나마 농사짓는 흉내라도 낼 수 있다는 사실에 만족해야지요.

수년 전에 처음 화단을 만들었을 때에는 사람들이 웬 잡초냐며 보는 대로 뽑아 버리는 통에 참으로 애 많이 먹었습니다. 지금은 징역 웬만큼 산 이들은 다 이해하고 오히려 공부하려 들고 있지만, 아직도 이런 일에 무심한 작자들은 화단 가운데 떨어진 공을 주우러 가면서 마치 맨땅을 걷듯이 너무도 자연스럽게 막 밟고 들어갑니다. 어제도 갓 올라온 옥수수 싹 두 개와 일단의 돌나물이 무참히 짓밟히고 말았습니다. 그런 것을 보고 방에 들어오면 마치 집안 식구 중 누군가 사고를 당한 듯하여 다음 날까지 기분이 착잡합니다.

요즘은 궁여지책으로 텃밭에 줄 거름으로 쓰려고 '짬밥'을 모으고 있습니다. 교도소 채소이니만큼 짬밥 먹어야지 별 수 있습니까?

그림은 매일 조금씩 해 나갑니다. 올해 내내 연습과 습작에 머물 것 같습니다. 디냐 자매님, 건강하십시오. 임마누엘 너도.

지난주에 비가 풍성히 내리더니 오늘 또 비가 오는군요. 제 편지 보시고 그 조그만 화단에 온갖 것들을 다 심었구나 하고 속으로 놀라셨을 겁니다. 예, 말씀대로 제가 욕심이 많기도 하지만 올해는 그리된 사정이 있습니다.

사실 작년까지만 해도 밭에 상추랑 들깨를 심어 먹는 정도였지요. 그러던 것이 작년 연말에 이곳에서 함께 살다 나간 학교 후배가 씨앗을 보내 준 겁니다. 나갈 때 먹을 수 있는 채소 씨앗은 모두 구해 부치라고 장난삼아 말했더니 이 친구가 그 말에 꽤나 고심했나 봅니다. 서울에서 구할 수가 없으니까 시골에 계신 자기 어머니께 (경남 사천) 부탁을 하여 어렵게 구했더군요. 한지로 싼 씨앗 겉봉에 '검은콩' '가을배추' 하는 글씨를 삐뚤빼뚤 쓴 게 꼭 우리 어머니 글씨 같습니다. 얼마나 고마웠는지요. 씨앗 종류는 많은데 밭은 좁고 하니 무식하게 촘촘히 뿌렸습니다.

그런데 그 고마움도 제대로 거두지 못할 것 같습니다. 땅이 어찌나 박한지 싹이 터서 본 잎이 나와도 좀체 자라지 않습니다. 맨 운동장을 조금 북돋아 만든 밭이니 거름기가 있겠습니까? 그나마 몇 년을 부쳐 먹었더니 올해는 농사가 아주 안 되더라고요. 확실히 농사의 90퍼센트는 지력입니다. 밭에 심은 채소 중 쑥갓 하나만 그런대로 자랐고 상추와 들깨는 죽을 쑤었습니다. 들깨는 겨우 본 잎 한두장 난 것들이 제대로 자라지도 않은 채 점박이병까지 들어서 어제 모두 갈아엎어 버렸습니다. 거기에 고랑을 파고 운동장 하수구에서 똥을 푸다가(화장실 물 나가는 배관이 막혀 하수구에서 함께 처리하게 되어 똥을 구할 수 있음) 잔뜩 멕여 놨습니다. 냄새가 좀 났지만 여기서 구할 수 있는 유일한 거름입니다. 그나마 똥도 물에 단물이 다 빠진 멀건 것들만 있어 영양가가 신통치 않을 것 같습니다.

어쨌건 올 농사는 크게 기대할 게 못 되고, 내년을 위해 지력을 돋우려 여름부터 한 번 갈아먹은 밭에 짬밥이랑 똥을 잔뜩 멕여 놓으려 합니다.

지금 유일하게 푸름을 자랑하며 잘 크는 것은 호박입니다. 거름을 제일 많이 먹는 호박이 웬일이냐 싶겠지요? 작년 가을에 우리 앞 사동의 화장실이 터져서 한 달이 넘게 똥오줌으로 질퍽거렸습니다. 겨우겨우 화장실을 고치고 나서 일하던 사람들이 운동장에 널린 똥 범벅된 흙을 긁어서는 우리 밭고랑 사이에 쌓아 놓았더라고요. 처음에는 냄새나게 왜 거기다 버리냐고 화도 냈지만 가만히 생각해 보니 좋은 거름이 될 것 같았습니다. 봄에 씨를 심으면서 그 자리에 당연히 호박씨를 심었지요. 아니나 다를까 호박은 지금 무럭무럭 자라고 있습니다.

4월 말에 서울 올라가셔서 미술 감상하고 콘서트도 보고 오시고 한 것을 보니 자매님께서도 문화생활만큼은 양보하지 않고 챙기시는 편인 것 같습니다. 불행히도 이 나라 문화 활동의 90퍼센트가 서울을 중심으로 이루어지고 있어서 지방에 사는 주민들은 먼 산 바라보기가 일쑤입니다. 전 국민이 문화 예술 활동의 혜택을 보려면 하루빨리 문화 예술의 지방자치가 실현되어야겠지요.

아마 자매님이 서울 사셨다면 더욱 자주 집을 비웠을지도 모르겠습니다. 러시아 발레를 보려고 아이들 결석까지 시키셨다니. 저도 그런 경험이 있습니다. 저는 축구광인데, 고등학교 이학년 때 월드컵 지역 예선 결승전이 있던 날 마침 월말고사가 한창이었습니다. 저는 그런 큰 경기는 경기장에 가서 보아야 직성이 풀리는 사람이라 답안지에 아무렇게나 숫자를 써 넣고 시험 도중에 살짝 빠져나와 담을 넘어 서울 운동장으로 구경 간 일이 있습니다. 지금같이 내신 성적으로 대학 간다면 있을 수 없는 일이었겠지요.

디냐 자매님, 아이들 데리고 세계 여행까지 꿈꾸셨다니 엄청난 야심을 갖고 계시네요. 온몸이 결박당하듯 여기저기 매인 가정주부로 주말여행도 자유롭지 못한 것이 우리네 현실 아닙니까?

얼마 전 어떤 여성지에서 보니까 한 주부님이 자식을 다 키우고 나이 쉰에 혼자서 세계 여행을 다니더라고요. 직장 다니는 남편이 이해하고 보내 주었다고 하는데 아무튼 우리 현실에서는 대단한 일이 아닐 수 없습니다. 아이가 넷이라고 해서 고정관념에 사로잡혀 애초부터 모든 것이 어렵다고 생각하면 아무것도 할 수 없을 것입니다. 발상의 전환이라는 말을 많이 하잖아요. 아이들과 함께할 수 있는 기발한 프로젝트를 구상할 수도 있지 않겠습니까? 편지에는 "~하고 싶었습니다." 하고 과거형으로 쓰셨는데, 미래 완료형이 되길 바라 마지않습니다.

지난 4월 26일 장기수 위로회에는 참석하지 못했습니다. 그러나 그날 우연히 교무과에 들렀다가 먹고 남은 딸기를 겨우 두 개 맛보았습니다. 자매님께서 딸기를 준비하셨다는 것을 진작 알았더라면 악착같이 참석하여 먹어 주었을 텐데 안타깝습니다.

낙숫물 소리가 듣기 좋습니다. 비가 오니 새들도 일찍 잠들어 버렸는지 조용합니다. 편한 밤 되시길 바랍니다. 또 소식 전하겠습니다. 안녕히.

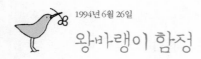

왕바랭이 함정

비는 아니 오는 채 하늘은 잔뜩 습기를 머금고 있습니다. 본격적인 장마가 시작되었다 합니다. 어찌 지내시는지요?

어렸을 때 '뚝방길'이나 논두렁을 걷다가 곧잘 누군가가 장난질한 풀매듭에 발이 걸려 넘어진 일이 생각납니다. 이렇게 넘어지고 나면 저도 분풀이로 그 언저리에 몇 개의 풀매듭을 더 만들어 놓고는 자리를 떴지요. 이때부터 이미 성질이 고약했나 봅니다.

이 매듭에 사용된 풀이 무엇인지 아십니까? 물론 여러 가지 있습니다만 대개는 사초 종류와 왕바랭이였습니다. 이것들은 밟아도 잘 안 죽는 데다 줄기가 질기거든요.

그런데 징역 들어와 오랫동안 운동장에 난 풀을 관찰하다 보니 왜 그런 풀매듭 장난질이 쉽게 이루어질 수 있었는지 알게 되었습니다.

흔히들 식물은 움직일 수 없으므로 그저 외부의 작용에 대해 적응할 뿐이라고 생각하기 쉽지만 자세히 보면 그렇지가 않습니다. 오히려 어떻게 보면 굉장히 적극적으로 주위 환경에 반응합니다. 예컨대 토질이 좋은 곳에 떨어진 꽃씨는 잎과 줄기를 무성하게 키운 연후에 천천히 큰 꽃을 피우지만, 척박한 땅에 떨어진 꽃씨는 어떡하든 살아남으려고 조그마한 꽃을 여러 개 빨리 피워 씨를 맺습니다. 그만큼 꽃도 보잘것없고 맺힌 씨앗도 부실하지요. 하지만 척박한 땅에서 느긋하게 꽃피우고 있다가는 언제 죽을지 모르므로 그렇게라도 후대를 확보해 놓는 것입니다. 이것은 식물뿐 아니라 우리 인간 사회도 마찬가지이지요. 빈국이나 가난한 동네의 사람들일수록 아이를 많이 낳는 것이 그것입니다.

한여름이 되면 어디서 씨가 날아들었는지 운동장 여기저기서 왕바랭이가 돋아납니다. 똑같은 왕바랭이라도 씨가 떨어진 자리에 따라 자라는 모양이 다릅니다. 사람의 발길이 잘 안 닿는 후미진 곳에 떨어진 놈은 하늘을 향해 곧추서서 잘 자라지만, 사람이 잘 다니는 길에 떨어진 놈은 줄기가 V자로 갈라져서 비스듬히 자랍니다. 만약의 경우 밟힐 때에 충격을 덜 받기 위해서지요. 보세요, 길바닥에 난 왕바랭이가 V자로 자라니 두 놈의 잎줄기를 서로 묶어 놓아도 — VV—눈에 잘 안 뜨이지요?

더 자세히 들여다본 결과, 이놈들은 우리들이 알지 못하는 자기들만의 정보 체계를 가지고 있는 것 같았습니다. 가령 한 번이라도 밟힌 일이 있는 놈들은 아예 처음부터 줄기를 최대한 땅에 붙이고 자랍니다.① 반면에 발길이 거의 닿지 않는 길가에 난 것은 곧추 자랍니다.② 그런데 재미있는 것은 거의 발길이 가지 않았는데도 길 위에 난 것은 약간 V자로 벌어져서 자란다는 것입니다.③

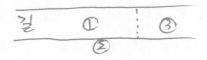

그림은 나의 산책길을 그린 것인데 점선 부분 이상은 잘 다니지 않는 길입니다. 신기하게도 ②나 ③이나 모두 밟힌 일이 없는데도 ③은 ②에 비해 줄기가 비스듬히 자라고 있었습니다. 이는 분명 자신이 어디에서 자라고 있는지 인지하고 있다는 것입니다. "아직 밟히지는 않았지만 길 위에 나 있으므로 언젠가는 밟힐지도 모른다. 그러므로 유비무환 정신에 입각해서 줄기의 각도를 조금 기울이자."라고 판단하고 있을 것이란 게 제 생각입니다.

이것은 왕바랭이뿐만 아니라 땅에 떨어져 자라는 모든 풀들에게서 똑같이 발견되는 현상입니다. 그중에서 가장 놀라운 것은 달맞이꽃입니다. 사람 발길이 잘 닿는 곳에서 자라는 놈은 아예 위로 줄기를 내지 않고 뿌리에서 직접 잎만 다발처럼 냅니다. 밟혀도 끄떡없다 이거죠. 그러다가도 사람의 발길이 뜸하다 싶으면 옆으로 슬쩍 줄기를 내기도 합니다.

이런 걸 보면 우리 인간의 존재가 식물의 변종에 많은 영향을 끼쳤다는 것을 알 수 있습니다. 그리고 이 변종은 어디까지나 식물의 능동적인 선택에 의해서 일어난 것이고요.

　장마철이 되어 운동장을 거닐다가 발길에 밟히는 풀들을 보며 그동안 느꼈던 바를 한번 정리해 보았습니다. 왕바랭이가 어떻게 생겼는지 궁금하시죠? 실물을 보면 금방 "아!" 하실 건데 우리 주위에 흔한 풀이니까요. 참고삼아 그림을 첨가합니다.

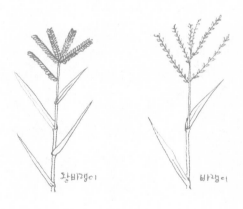

　디냐 자매님, 네 아이들은 모두 건강한지요? 주말이나 여름방학 때 아이들 데리고 농장 실습이라도 가실 계획은 없는지요? 언제나 건강한 웃음과 행복이 넘쳐나는 집안이길 기도드립니다.

　주께 영광!

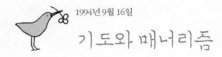

기도와 매너리즘

하루 중 가장 조용한 시간입니다. 간밤에 책을 읽다가 나도 모르게 잠들었나 봅니다. 꿈속에서 강도를 만나 온갖 수모를 다 당하려는 순간 번쩍 눈이 뜨였습니다. 아직도 컴컴한 새벽입니다. 한동안 벽에 기대어 앉아 이 못된 강도 놈에게 어떻게 보복할 것인가 하는 공상을 즐기다가 고개를 흔들고 세수를 했습니다. 그러고 나서 묵상에 잠겼지요. 이제야 겨우 자매님과 조용히 대화할 수 있는 여유가 생겼구나 하는 생각으로 펜을 들었습니다.

어찌나 고요한지 저 멀리 풍산 가도를 달리는 자동차 바람 소리가 코앞에서 들리는 듯합니다. 보통은 명상을 마친 뒤 아침 기도를 할 시간입니다. 기도할 때 저는 공식기도문 끝에 개인 기도를 길게 덧붙입니다. 처음에는 그렇게 길지 않았는데 해가 거듭될수록 특별히 신경 써야 할 사람, 사건 등이 늘어나 이제는 아주 길어지고 말았습니다. 매일 하다 보니 글자 하나 안 틀리고 일사천리로 외게 됩니다. 그런데 언제부터인가 내가 입으로만 기도드리고 있는 게 아닌가 하는 생각이 들었습니다.

입에서 나온 기도말은 마음속에 들어 있는 관념을 표현한 것인데 매일 하다 보니 마치 자동인형처럼 되고 만 것이지요. '그래도 이렇게 말이 되어 입에서 나왔다는 것이 중요하지 않은가? 그렇지 않으면 내가 그분(그것)들을 위해 기도드렸다는 흔적이 어디 있겠는가? 아무도 보지 않는 공간에서 이런 쓸데없는 생각까지 하고 있는 자신이 우스꽝스럽습니다. 그런데 분명한 것은 기도말이 길어지니 숨이 가빠지면서 기도하고자 했던 본래의 순수한 의미가 조금씩 뒷전으로 밀리는 듯한 기분이 들었습니다. 긴 기도를 마치고 났을 때의 개운함이 아침에 일어나 새벽 조깅을 하고 난 개운함과 무엇이 다른가 하는 생각도 들었습니다. 이런 걸 가지고 매너리즘이라고 하는지 모르겠습니다.

어떻게 보면 우리네 주일 미사도 그렇지 싶습니다. 미사 중에 신부님이 읽는 진행 말씀은 오랜 세월에 걸쳐 확정된 것으로 하나하나가 모두 깊은 의미를 지니고 있음을 왜 모르겠습니까? 그러나 그것은 특별한 날이 아니고는 그저 당연한 의례처럼 지나가기 마련입니다. 반복됨으로써 형식이 내용을 압도한 꼴이지요.

이런 느낌이 들 때마다 저는 강렬한 유혹에 사로잡힙니다. 꼭 바티칸에서 확정한 저 미사의례에 집착해야 하는가? 본래의 정신을 빠짐없이 살려 내는 가운데 내가 속해 있는 집단, 특히 교도소의 실정에 맞는 창조적인 미사 전례를 만들어 거행할 수 없을까? 그렇다면 형제들도 전보다는 훨씬 적극적인 태도를 가지고 미사에 임할 텐데……

기도 얘기가 잠시 미사 얘기로 빠지고 말았습니다만, 저는 언제부터인지 형식에 치우친 느낌이 드는 기도 방식을 걷어 버리고 말았습니다. 묵상 속에서 내가 기도드리고 싶은 대상을 향해 관심을 집중시키거나 어떤 때는 강물에 흘려보내듯 의식의 흐름 속에 흘려보냅니다. 그렇다고 염송 기도를 아주 걷어 버린 것은 아닙니다. 때때로 답답하면 이유도 없이 소리치고 싶은 것처럼, 왠지 묵상이 잘 안 된다 싶으면 소리 내어 기도를 드립니다.

어제는 올 들어 첫 온수 목욕을 했습니다. 아직 온수 목욕 철은 아닙니다만, 추석을 앞두고 특별히 시켜 주는 것이지요. 공교롭게도 우리가 첫 번째로 하게 되어 보일러 파이프에 잠겨 있던 벌건 녹물이 우리 차지가 되고 말았습니다. 가뭄 때문에 사전에 녹물을 뽑아낼 엄두도 못 내었다 하더군요. 이 가뭄에 더운 물로 목욕까지 했으니 녹물이 무슨 상관입니까? 그저 황송할 뿐이지요. 정말이지 올해처럼 가문 적이 없었던 것 같습니다. 물이 없어서 매일같이 소방차로 길어다 쓰고 있습니다. 자매님이 계신 태화동은 어떤지 모르겠습니다. 우리 모두의 슬기와 인내로 이겨 나가야 하겠습니다.

디냐 자매님, 추석과 함께 자매님의 영명축일을 축하드립니다!

한가위 밝은 달 아래 온 가족 모두 즐거운 명절 보내시길 바랍니다.

　아이들은 물론 건강히 잘 지내고 있겠지요? 부디 안녕히, 또 소식 전하겠습니다.

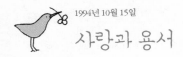

사랑과 용서

토요일 오전입니다. 아마 지금쯤 자매님도 아이들을 모두 학교 보내고 집안 청소를 마치고 한숨 돌리고 있는 중인지 모르겠습니다.

저는 오늘 얇게 잘라서 말려 두었던 늙은 호박 조각들을 한데 그러모아 망사 주머니에 넣어 햇볕 잘 드는 창가에 걸어 놓았습니다. 자질구레한 아침 일을 모두 마치고 방 한가운데에 가부좌를 틀고 앉으니 상큼하고도 은은한 호박 향내가 가슴을 적십니다.

자매님도 가톨릭 신문을 구독하고 계신지 모르겠습니다. 지난주 (10월 2일) 가톨릭 신문에 실린 한 보스니아 수녀님의 편지글을 읽으셨는지요? 충격적이었습니다.

세르비아 병사에게 강간당하여 원치 않았던 임신을 하고 수도원을 떠나며 남긴 편지입니다. 상상할 수조차 없는 일을 당하고도 신앙의 힘으로 극복하는 수녀님의 의지에 찬 거룩함이 가슴을 칩니다.

마치 방안에 가득 찬 호박 향내처럼 그 거룩함에 취해서 자신을 되돌아보게 합니다.

"저의 드라마는 한 여인으로서 고통당하는 치욕이 아닙니다. 저의 실존적 그리고 성소적 선택에 가한 치유할 수 없는 공격도 아닙니다. 이것은 오히려 제가 거룩한 배우자처럼 여겼으며, 자발적으로 순교의 은총을 간구했던 그분의 헤아리기 어려운 뜻의 일부분을 신앙으로 끌어들이는 어려움인 것입니다.…… 그분은 제가 분명하고 고귀한 것으로 생각했던 삶의 계획을 파괴하셨고 이제 제가 발견할 필요가 있는 새 계획을 마련하셨습니다."

자기에게 일어난 이 엄청난 일에 대해 하느님께 묻고 또 묻는 치열한 내면 탐구가 눈에 보이는 듯합니다. 어떠한 불행도 하느님께서 함께하시는 것이라면 기꺼이 받아들이고 힘들지만 즐겨 그 삶을 살겠다는 의지가 엿보입니다. 수녀님은 이렇게까지 말합니다.

"원하지 않은 임신을 강요당하고 또 강간당하는 수많은 우리 동포의 대열에 저의 동참을 허락하신 하느님께 감사드립니다. 저는 치욕을 통해서 그들과 일치합니다."

신앙을 모르는 이가 이런 말을 들으면 틀림없이 미쳤다고 할 것입니다. 자기 합리화도 유분수지 어찌 그럴 수가 있냐는 것이지요. 그러나 바로 이런 기가 막힌 '자기 합리화' 때문에 신앙은 위대한 신비입니다. 강간당한 자가 평생을 회한과 복수심에 불타서 살아간다면 그것은 강간당한 그 자체보다 더 불행한 일입니다. 그렇다고 그것을 그저 잊어버릴 수도 없습니다. 자기 나름대로 바쁜 일을 만들어 잊고자 하겠지만, 그런 끔찍한 기억은 그렇게 해서 쉽게 잊히는 게 아니지요. 잊는 게 아니라 짓눌리는 게 아니라 은총으로 극복하여 불행조차도 온전히 자기 것으로 소화시켜 내고야 마는 것이 신앙의 신비인 것 같습니다.

이 안에 갇혀 있는 우리들도 어찌 보면 모두 분단 정권에 의해 정치적으로 강간당한 사람들입니다. 모두들 강간당할 때의 끔찍한 기억을 가지고 기약할 수 없는 감금의 나날을 보내고 있지요. 평상시에는 아무렇지도 않은 듯 지내다가도 누군가 강간당할 때의 기억을 떠올리기라도 하면 자신도 모르게 흥분하여 가슴깊이 맺힌 한을 토로하게 됩니다. 저 역시 넓게 보면 그런 범주에서 벗어나는 인물은 아니지요. 그러나 지금은 설사 남을 원망한다 해도 그러고 있는 자신을 또 다른 내가 내려다보고 있다는 점이 다릅니다. 말하자면 어느 정도 자신을 객관화하여 볼 수 있게 되었다고나 할까요?

한번은 동료 한 분이 "아무개는 안기부에서 두들겨 맞고 무고한 징역을 살면서도 징역 들어와 하느님을 알게 되어 오히려 안기부에게 감사드린다고 말하는데, 하느님을 믿으려면 똑바로 믿어야지, 그런 이치에도 맞지 않는……." 하며 기가 차다는 듯이 얘기하더군요. 아마 그분은 맹목적 신앙이 정치의식을 마비시킨 게 아닌가 하는 관점에서 얘기한 것이지요. 하느님을 믿지 않는 그분께 신앙을 갖게 되면 그러한 인식의 전환이 가능할 수도 있다는 것을 이해시키고자 여러 가지 설명을 드렸지만 여전히 납득할 수 없다는 눈치였습니다.

확실히 그런 측면은 있습니다. 죄를 용서할 수는 있지만 그 죄를 망각하거나 합리화해서는 안 된다고 생각합니다. 만약 이렇듯 쉽게 망각하거나 합리화한다면 세상의 죄는 결코 줄어들지 않을 것입니다. 예수님 역시 세상의 죄를 물리치려고 우리에게 오신 것 아닙니까? 예수님은 물론 열매 못 맺는 무화과나무를 말려 버리듯이 단죄도 내리셨지만, 궁극적으로는 사랑과 용서만이 죄를 물리칠 수 있다고 우리에게 가르쳐 주셨습니다.

사랑과 용서라……. 과연 나는 그렇게 했을까? 아직까지 꼭 그렇다고 자신 있게 말씀드릴 수는 없어도 한 가지만은 분명합니다. 나를 '강간' 한 자들에 대한 증오심이나 복수심 따윈 애초부터 없었노라고. 이상하게도 그렇게 혹독한 고문을 당하고도 그들이 미워지는 게 아니라 오히려 가엾게 여겨졌습니다. 어쩌면 스스로 사람이기를 포기한 그들에 대해 제가 가질 수밖에 없었던 도덕적 우월성에서 비롯된 것인지도 모르겠습니다. 이러한 심정은 10년이 지난 지금도 마찬가지입니다. 이제는 적극적으로 그들조차도 사랑할 수 있는 대자비심을 일으켜야 할 때라고 생각합니다만, 오늘 보스니아 수녀님에게서 새로운 관점을 하나 더 배웠습니다.

그동안 내게 일어난 일들이 단지 주님을 알게 하신 것만 아니라 분단으로 인해 신음하고 있는 수많은 동포의 고통에 참여시켜 주신 주님의 배려에 감사드려야 한다는 것입니다. 주님께서는 어쩌면 분단의 극복은 분단으로 인한 고통의 심연에서 시작하는 것임을 제게 가르치고 있는지도 모르겠습니다.

수녀님의 편지는 이렇게 끝을 맺고 있습니다.

"저는 아이에게 사랑만을 가르칠 것입니다. 아이는 폭력으로 말미암아 태어났지만 저와 더불어 용서야말로 유일하게 인류에게 영예를 주는 위대한 것임을 증언할 것입니다."

디냐 자매님, 가을이 깊어갑니다. 바쁜 일과 속에서나마 계절의 변화를 감상할 수 있는 생활의 여유가 아쉬운 때이기도 합니다. 자매님 얼굴을 뵌 지도 참 오래된 것 같네요. 부디 건강하시길 바랍니다.

생활 속의 혁명가

디냐 자매님,

다시 건강해지기 위해서는 생활 속의 혁명가가 되어야 합니다.

투사가 되어야 합니다.

온갖 잘못된 식생활과의 투쟁,

온갖 타성에 빠진 습관과 몸놀림에 대한 투쟁 등.

이 싸움은 결코 자매님 혼자만의 싸움이 아닙니다.

작게는 자매님과 그 주변,

크게는 우리 모두의 싸움입니다.

1995년에서 1997년 디냐 자매님에게 보낸 편지

바우 올림

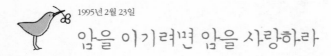

암을 이기려면 암을 사랑하라

그동안 병세가 좀 어떠신지요? 지금도 서울로 아프신 몸을 이끌고 검진받으러 가시는지요? 날마다 자매님의 쾌유를 비는 기도를 드리건만 도대체 어떻게 이런 일이 일어난 것인지 모든 게 궁금하기만 합니다.

자매님께서 수술을 받고 난 지 벌써 석 달이 다 되어 가는데 요즘 기분은 어떠신지요? 한번 암에 걸려 본 사람들은 재발의 두려움 때문에 모든 행동이 위축된다고 하는데 자매님도 그러실까 봐 걱정입니다. 모르긴 몰라도 암에 걸렸다는 통고를 받았을 때에 틀림없이 죽음의 문제를 곰곰이 생각하셨을 줄 압니다. 언젠가는 다가올 죽음을 신앙인으로서 어떻게 맞이해야 할 것인가도 깊이 생각하셨을 것이고요. 사실 우리 삶은 거의 죽음과 동거하다시피 하는데도 보통 때는 완전한 망각 속에서 살다가 병마가 찾아들거나 큰 사고를 당해서야 죽음을 생각하게 됩니다.

석가모니께서는 사람으로 태어나서 피할 수 없는 네 가지를 생로 병사라고 하셨습니다. 그러나 깨달음을 통해 초월할 수 있다고 가르쳐 주셨습니다. '병' 다음에 '사'가 나오는 것을 보더라도 병이란 죽음에 이르는 하나의 단계임에 틀림없습니다. 문제는 병에 짓눌리고 시달려서 비참하게 죽어갈 것이냐, 아니면 병이라는 고통을 통해 어떤 깨달음을 얻어 죽음을 초월할 수 있느냐입니다.

그런 의미에서 현대의 난치병인 암은 우리에게 죽음의 문제에 반면교사의 역할을 합니다. 사람들은 보통 암에 걸리면 "아이고, 이젠 죽었구나." 하고 생각합니다. 그만큼 암이 무섭다는 것이겠지요. 그런데 저는 이 문제를 이렇게 생각하면 어떨까 합니다. 암에 걸린 것을 하나의 기회로 보자는 것이지요. 무슨 기회냐 하면 죽음을 자신의 친구로 만드는, 또 죽음을 초월할 수 있는 길을 찾는 기회로 보자는 것입니다.

그러자면 암을 적대시하지 말고 암과 친구가 되어야 합니다. 무엇이든지 친구가 되어야지만 그로부터 중요한 정보를 얻을 수 있으니까요. 만약 우리가 암세포와 친구가 되어 대화할 수 있다면 어떻게 하여 이놈이 발생하여 성장하게 되었는지, 그리고 어찌하여 그렇게 맹렬히 자신의 주인을 죽음으로 몰고 가는지를 소상히 알아낼 수 있을 것입니다. 그런 의미에서 저는 "병을 사랑하라!"는 장두석 선생님의 지론에 동감합니다. 암을 이기려면 암세포를 사랑해야 합니다. 지독한 역설입니다만 자신의 몸속에 맹렬히 퍼져가는 암세포조차도 사랑할 수 있는 사람은 이미 성인이 아닐까 하는 생각이 듭니다. 소화 테레사 수녀님이 그러하셨습니다.

생각해 보면 암세포도 하나의 생명체임에 틀림없습니다. 그런데 이놈은 자신의 생존밖에는 모르는 놈입니다. 저만 살겠다고 다른 세포 조직들을 찢고 발기고, 그리하여 기형적으로 커져서는 상대방을 쓰러트려 결국 자기 자신도 죽습니다. 자기만의 삶을 도모하는 자는 이렇듯 남과 자신을 다 망칩니다. 어떻게 이런 숭한 놈을 사랑할 수 있을까요? 어떻게 이런 놈과 화해할 수 있을까요?

가만히 들여다보면 우리 몸은 거대한 세균 창고나 다름없습니다. 온갖 종류의 세균과 미생물들이 혼거하면서도 서로 간에 조화를 이룰 줄 알기 때문에 우리는 '건강'을 유지할 수 있는 것입니다. 암세포도 그중 하나이겠지요. 그런데 왜 갑자기 이놈만이 그 조화로운 질서를 깨고 광폭해지느냐는 것입니다. 그것이 유기체를 구성하는 하나의 세포인 한 저놈 혼자서는 결코 그런 짓을 할 수가 없습니다. 누군가 저놈더러 질서와 조화를 깨트리고 멋대로 굴라고 사주하는 배후 세력이 있습니다. 이 배후 세력의 도움으로 녀석은 우리 몸의 자율적인 면역체계를 마음대로 유린하는 것입니다. 그 배후 세력이란 다름 아닌 바로 우리 자신입니다. 잘못된 문명, 잘못된 식생활, 잘못된 인간관계, 잘못된 대응 체계……, 이런 잘못된 체계 속에 사로잡혀 있는 현대인들은 자기도 모르게 암세포를 키우고 있는 것이지요.

이렇게 보면 암이란 외부 세계의 무질서가 그대로 내부로 옮겨진 것이라고 볼 수 있습니다. 암이 현대인의 병인 이유가 여기에 있습니다. 그러므로 암과의 싸움은 문명과의 싸움이나 진배없습니다. 그것도 혼자서. 환자는 언제나 혼자이니까요. 그리고 대부분은 지지요. 거대한 현대 문명 속에 병에 걸린 개인은 얼마나 허약합니까?

그래서 이 잘못된 문명 속에서 스스로를 지킬 수 있는 완충적인 공동체가 필요합니다. 특히 함께 기도하는 공동체가 필요합니다. 개인의 힘으로는 안 됩니다. 공동체 속에서 조화로운 인간관계를 회복하고 기도하는 가운데 영성 훈련을 통해 미세한 세균의 활동까지도 감지할 수 있는 초감각을 길러야 합니다. 여기서 말하는 초감각이란 개인에게 국한된 특수한 감각이 아닙니다. 우리의 영력이 높아져 뭇 성인들과의 통공이 자유로워지면 그분들의 공력에 힘입어 함께 누릴 수 있는 초감각입니다.

성인들 중에는 무생물인 돌덩이와도 대화할 수 있는 분들이 있지 않습니까? 우리가 그와 같은 감각을 가질 수 있다면 제 몸속에 있는 모든 세균과 세포들과도 대화할 수 있지 않을까요? 특히 이기적인 암세포에게도 "주를 위하고 남을 도우라."는 하느님 말씀을 전할 수 있지 않을까요? 이렇게 해서 암세포가 조화와 질서 속에 자리를 잡는다면 병은 물론 오염된 문명도 치유되었다고 봐야지요.

디냐 자매님, 제가 너무 터무니없는 얘기를 했는지 모르겠습니다. 그러나 우리 전통의 의학 지식과 성교회의 가르침에 따라 생각해 보면 전혀 터무니없는 얘기도 아닐 것입니다.

또 현대 과학의 측면에서 보더라도 이미 분자 크기 수준의 수술 기계가 만들어진 걸 보면 세포와의 의사소통이 몽상만은 아닙니다.

아무쪼록 자매님의 건강이 다가오는 봄날처럼 날로 차도가 있기를 열심히 기도하겠습니다. 주님의 사랑과 자비가 언제나 함께하시길 바랍니다.

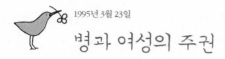

병과 여성의 주권

지난 3일자 편지 잘 받았습니다. 생각보다는 그리 위중한 상태가 아닌가 봅니다. 입원을 할까 말까 망설이며 쓴 편지라고 하셨는데 어찌 되었는지 궁금합니다. 입원을 안 하고 자연치료로 나을 수 있다면 그보다 좋은 방법이 어디 있겠습니다만, 홀몸이 아닌 이상 일가친척들의 의견을 무시할 수는 없겠지요. 제일 좋은 것은 병원에서 기본적인 조치를 한 뒤에 조용한 곳에서 휴양을 하시는 게 어떨까 합니다만.

서울의 병원에 입원해 있는 동안 친구와 언니 동생 분들을 만날 수 있어 즐겁기까지 하셨다는 얘기를 들으니 자매님께도 결혼 이후 중년 여인이 느껴야 하는 자기 정체성에 대한 강한 그리움 같은 것이 느껴지는군요. 예전에 존 덴버 공연을 가졌을 때도 그랬습니다만. 어쩌면 이 나라 여성들은 병이 들어야 비로소 사람대접을 받고 자유라는 것을 느낄 수 있나 봅니다.

자녀 교육과 가사노동과 인습의 틈바구니에서 이 나라 여인들이 한 인간으로서 자기 발견을 해내기란 보통 어려운 일이 아닐 겁니다. 사실 남자와 똑같이 분담하고 똑같이 책임 의식을 느껴야 하는데도 사회 자체가 워낙에 남성 위주로 짜여 있는 관계로 남자는 나가서 돈 버는 것으로 모든 것에서 면제되고 있는 형편입니다.

이렇게 병이라도 들어서 친구와 가족들을 아무 부담 없이 만날 수 있다는 게 얼마나 큰 자유요 해방이겠습니까? 영국의 수필가 찰스 램(Charles Lamb)의 글에 이런 내용이 있습니다.

"병이 들었을 때 사람은 스스로에게 자아의 폭을 얼마나 크게 확장시키는가! 환자는 전적으로 자기 자신만을 위한 존재가 된다. 집안 구석구석 내려앉은 정적과 침묵 속에서 환자는 당당하게 누워서 자기의 주권을 즐기고 있다. 환자는 얼마나 마음대로 변덕을 부릴 수 있는가!"

이것은 환자 일반의 상태를 묘사한 것이지만, 우리나라 여성들이야말로 병이 들어서야 비로소 '자기의 주권'을 인식하게 되지 않나 싶습니다. 그런 의미에서 자매님의 병환도 단순한 육체적 질병을 넘어서 새로운 자아에 눈뜨는 계기가 되었으면 합니다.

저는 아직 페미니스트라고 말할 수는 없지만 나름대로 여성의 입장을 사회적·역사적으로 이해하려고 노력하고 있습니다. 언젠가 자매님께서 자리를 털고 일어나시면 그동안 병상에서 느꼈던 이러한 측면에 대해 말씀해 주시길 바랍니다.

   디냐 자매님, 마지막으로 김대규 님의 '사랑 잠언'이란 시를 적어 봅니다. 좋은 묵상 재료가 될 것입니다.

> 누구나
> 몸에 걱정 하나
> 마음에 병(病) 하나를
> 깊이깊이 묻고 사나니.
> 그 몸 아픔,
> 그 마음 켕김.
> 걱정도 그윽해지면
> 영혼의 노래 되고,
> 병도 잘 다스리면
> 육신의 복음(福音) 되나니.
> 거기에 이르는 길은
> 오직 사랑뿐.
> 그 밖의 다른 구원을
> 얻으려 하지 말라.

몸조리 잘 하시고 바로 소식 주시길 바랍니다.
주의 사랑이 자매님과 함께!

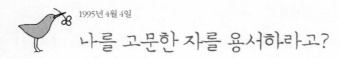

나를 고문한 자를 용서하라고?

　오늘 한 달에 한번 자리를 같이하는 공안수 신자들의 모임이 있었습니다. 이곳 본당 수녀님을 모시고 각자의 체험으로 알게 된 신앙생활을 함께 나누는 자리이지요. 어떻게 하다 보니 제가 발제를 맡게 되어 "우리는 서로 용서할 수 있는가?"라는 주제를 가지고 간단히 발표했습니다. 요지는 다음과 같습니다.

　"끊임없이 죄를 짓고 사는 우리는 궁극적으로 남을 용서할 수 없다. 용서한다 하여도 그것은 일시적이거나 그런 것처럼 보일 뿐이다. 진정한 용서는 하느님으로부터 온다. 아무리 용서할 수 없을 것 같은 사람이라도 하느님 앞에 벌거벗고 나아가 온전히 내맡기면 은총에 힘입어 용서의 마음이 싹트게 된다."

　이런 발제 끝에 돌아가면서 각자 자신의 경험을 이야기하게 되었습니다. 모두들 한마디씩 하고 다음 주제로 넘어가는데 내내 침묵을 지키고 계시던 한 연로하신 선생님께서 정색을 하고 말씀하시는 것이었습니다.

 당신께서 지금까지 어떻게 살아왔으며 어떻게 이곳에 들어오게 되었는지, 또 지금의 심정은 어떤지 찬찬히 말씀하셨습니다. 말씀 끝에 당신은 지금까지 살아오면서 대한민국이 하라는 충성은 다한 사람인데, 이런 사람을 잡아 고문하고 간첩으로 만들어 징역을 살리고 있다고 하시면서 갑자기 격정을 이기지 못해 눈물을 흘리는 것이었습니다. 그리고 세상 모든 사람은 용서할 수 있어도 당신을 모함하고 고문한 세 사람만은 용서할 수 없다는 것이었습니다. 분위기가 잠시 이상해졌습니다만 곧 자리를 수습하고 다른 주제로 이야기를 더 나누다가는 모임을 마쳤지요. 헤어질 때 지도 수녀님께서 다음에 만날 때는 다 잊고 용서하는 마음으로 만나자고 말씀하셨지만 10여 년 동안 곱씹어 온 한을 쉽사리 그리할 수는 없을 것입니다.

 방에 돌아와 그분의 입장에서 용서의 문제를 다시 한 번 생각해 보았습니다. 무엇이 그분의 마음을 그렇게 단단히 붙들고 있는가?

 '하고 많은 사람들 중에서 하필이면 내가 불의의 희생자가 되다니! 멀쩡한 사람을 흉악한 죄인으로 만들기까지 나에게 가해진 그 무시무시한 악행들! 잘나가던 내 인생이 하루아침에 나락으로 굴러떨어지다니! 그러나 이 모든 것보다도 더 견딜 수 없는 것은 나를 이렇게 만든 사람들이 지금 이 순간에도 떵떵거리며 잘 살고 있다는 것! 어째서 하느님은 이런 불의한 현실이 계속되고 있는 것을 보고

만 계실까?

이런 생각의 쳇바퀴 속에 빠져 있는 한 그분은 결코 용서할 수 없을 것입니다. 그렇다고 세상 어느 누구라도 지금 이분더러 용서하지 못한다고 나무랄 수는 없습니다. 그저 입바른 위로의 말 외에는.

저는 이 문제를 자신의 피붙이를 죽인 살인자를 용서하여 많은 이들로부터 마음의 박수를 받은 한 할머니의 경우와 비교해 보았습니다. 왜 자매님도 잘 아시죠? 3년 전 실직 상태의 한 젊은이가 차를 몰고 서울 여의도 광장에 뛰어들어 여러 사람을 다치게 하고 한 어린아이를 치어 죽인 그 사건 말입니다. 그 젊은이는 사고 직후 현장에서 붙잡혀 구속 수감된 후 그야말로 온 국민들로부터 지탄을 받았습니다. 그런 놈은 재판이고 뭐고 당장 쳐 죽여야 한다는 것이지요. 그러나 사건의 충격으로부터 어느 정도 헤어난 죽은 어린이의 할머니는 이런 생각을 했을 것입니다.

"저 어린 젊은이가 뭘 알고 그랬을까? 따지고 보면 그도 이 각박한 세상의 피해자가 아닌가? 게다가 지금 그는 이 사회에서 완전히 내팽개쳐진 채 절망과 외로움에 떨고 있지 않은가! 무엇보다도 자신의 잘못을 뉘우치고 있지 않은가! 생떼 같은 내 손자가 죽은 것은 가슴이 찢어지지만, 자기가 저지른 죄에 놀라 망연자실하고 있는 저 불쌍한 젊은이를 미워하는 것은 왠지 내키지 않는구나."

할머니는 그렇게 그 젊은이에게 인간적 연민을 느끼고 하느님께 용서를 청하지 않았을까요?

아까 그 선생님의 경우는 어떻습니까? 그분을 고문하고 간첩으로 조작하여 옥에 가둔 이들은 사회로부터 매도당하기는커녕 포상과 함께 승진을 거듭하여 지금 이 순간에도 호강을 누리며 잘만 살고 있습니다. 스스로 잘못했다고 생각하기는커녕 자신의 행위는 순수한 애국 충정의 마음에서 나온 것이라고 굳게 믿고 있습니다. 내막을 모르는 국민들은 그를 국가기관의 훌륭한 일꾼으로 존경하고 있습니다.

무고한 사람을 '치어 죽인' 같은 가해자이지만 그 결과는 이렇게 하늘과 땅만큼 차이가 납니다. 할머니가 젊은이를 용서했던 것과 똑같은 맥락에서 그 선생님이 가해자를 용서 못한다고 뭐라 하는 것은 확실히 지나친 일입니다.

아, 그럼에도 그들을 용서해야지만 스스로를 구원할 수 있습니다. 아무리 힘들고 어렵더라도 용서해야만 합니다. 그렇지 못하면 그분은 악의 영에 사로잡혀 어둠 속에서 생을 마칠 수밖에 없을 것입니다.

이제 남의 얘기는 그만 하고 제 얘기를 좀 해야겠습니다. 여기까지 읽으면서 자매님은 "그럼 형제님은 어떤가요?" 하고 묻고 싶을 겁니다. 먼저 소식 하나 전하고 말씀드려야겠네요. 지난 3월 28일자 한겨레신문 1면에 저에 관한 기사가 실렸습니다. 제가 헌법재판소에 낸 '고문 수사관 처벌 요구 소송건의 기각'에 대한 헌법 소원이 기각되었다는 소식입니다. 그렇습니다. 저는 작년에 저를 고문한 수사관들을 인권유린으로 법원에 고발했습니다만 공소시효가 지났다는 이유로 항소까지 모조리 기각당했습니다. 저는 "모든 국민은 고문을 받지 아니한다."는 헌법 12조에 대한 위반이 아니냐고 헌법소원을 낸 것이지요. 이 말을 듣고 자매님은 대뜸 이렇게 물으실지 모르겠습니다. "형제님이 하신 지금까지 얘기를 들어 보면, 형제님은 그 사람들을 용서한 것 같은데 고발을 하다니 이해가 안 가네요." 하고 말입니다.

먼저 저를 고문한 그들을 용서를 하였는지 어땠는지 저는 지금도 잘 모르겠습니다. 누군가 용서를 하자면 무언가 가해자에 대한 원한 같은 것이 있어야 하는데 이상하게도 제게는 처음부터 그런 것이 없었습니다. 그러니 용서하고 자시고도 없는 것이지요. 제가 고문받았을 때 느낀 것은 오로지 공포와 혼돈스러움이었습니다. 어느 정도 고문에 익숙해지고 나서는 이상하게도 가해자에 대한 증오보다도 인간으로서 그런 일을 하고 있는 그들이 가엾게 여겨지더라고요. 그러한 감정은 감옥으로 이첩되고 나서도 계속되었습니다. 그리고 얼마 안 있어 극도의 혼돈과 절망을 딛고 신앙을 받아들이게 되었고, 그 안에서 저의 삶과 운명을 새롭게 해석하게 되었습니다. 사정이 이러하니 과연 제가 그들을 용서했는지 어땠는지는 저도 잘 모르겠습니다.

다만 분명한 것은 그들에 대한 증오심이랄지 원한 같은 게 전혀 없다는 것입니다. 제가 그들을 고발한 것은 그러한 행위가 다시는 이 땅에서 반복되지 않기를 바라는 마음에서였습니다. 이미 지나간 일일지라도 잘못된 것은 다음 세대를 위해 바로잡아야 하니까요. 그러므로 저의 고발은 개인적인 용서와는 다른 차원입니다.

다냐 자매님, 어떻게 좀 차도가 있는지요? 이제 날씨도 포근해지고 해서 견디기가 훨씬 나아지지 않았나 싶은데요. 지금 제가 자매님이 병원에 입원해 계신지 아니면 댁에서 요양하고 계신지 모른 채 안부를 물으니 답답하기만 합니다. 아무쪼록 그 사이 많은 차도가 있길 바랍니다.

지금 여기에도 가톨릭 후원회 일을 열심히 보시던 총무 자매님께서 똑같은 이유로 병원에 입원해 계십니다. 이 문명에 몸담고 사는 한 암이란 것으로부터 우리 현대인은 결코 자유로울 수가 없는가 봅니다.

다냐 자매님, 이제 며칠 지나면 영광스런 부활을 맞게 됩니다. 어서 병상을 떨쳐 내시고 부활의 기쁨을 만끽하시길 바랍니다. 몸조리 잘 하시고 식구들 모두에게 안부 전해 주시길 바랍니다.

자연 치유

부산에서 쓰신 편지를 받고 바로 펜을 듭니다. 보아하니 아직 병원 치료를 결정하지 않으신 모양이지요? 다행입니다.

저는 원래 자연 치유를 주장하는 사람이지만 지난번에는 자매님 주변의 상황이 어떤지 몰라서 제 의견을 강력히 말할 수 없었습니다. 지금까지도 결정을 못하셨다는 것은 자연치료를 택하라는 하느님의 뜻이라고 봅니다.

제가 알기로 암은 수술해서 완치되기보다는 고통의 상태가 연장될 뿐입니다. 암세포는 칼을 들이대면 들이댈수록 번져 나가는 불가사리 같은 놈입니다. 달래는 수밖에 없습니다. 암과 공존하면서 서로 친교를 나누다가 놈을 설득하여 날뛰지 못하도록 달래는 수밖에 없습니다. 칼을 들이대고 수술하고 항암제를 밥 먹듯 먹고 방사선을 쪼이고 하다 보면 놈의 성질을 건드려 어떻게든 살아남으려고 발버

등 치다가 사람의 육신을 아주 피폐하게 만들어 버립니다.

　암과 같은 난치병일수록 자연치료를 해야 합니다. 무엇이든지 더러운 것을 깨끗이 제거하려는 결벽증 또는 욕심이 문제입니다. 일단은 그놈이 어떤 놈인가 탐색하면서 자신의 자연 치유력을 키워 나가야 합니다. 우리 몸의 자연 치유력을 증진시키는 방법에 대해서는 그 방면에 이미 다대한 업적을 쌓은 분들이 밝혀 놓은 게 있습니다. 시중에 책도 여럿 나와 있고요.

　이 기회에 자매님도 자연의학 공부를 하면서 자신의 병을 스스로 고쳐 보시길 바랍니다. 자연치료는 한방하고도 또 다릅니다. 쉽게 말해 우리의 몸을 자연 상태와 가깝게 만들어 줌으로써 자연적으로 병이 치유되도록 하는 것이지요. 자연 상태와 같이 된다 함은 하느님께서 만드신 창조 질서에 적극적으로 참여한다는 뜻입니다. 자매님께서 하느님의 사랑하심을 강하게 느끼신다면 그보다 더 큰 은총이 없겠습니다만 그 사랑은 인격적인 사랑을 뛰어 넘어 자연과 하나가 되는 우주적 사랑으로 발전해야 합니다. 그러려면 자연요법으로 병에 접근해야 합니다.

　저는 자연요법의 대가이신 해관 장두석 선생님을 찾아가시기를 권고합니다. 정신세계사에서 《민족생활의학》이라는 저서가 최근에 나왔습니다. 해관 선생의 지도로 암과 같은 난치병을 고치고 건강하게 사회생활을 하고 있는 사람이 많습니다. 심지어 자연요법으로 한센병과 백혈병도 고친 사례가 있습니다. 선생은 주로 단식과 식생활

개선, 정신 훈련, 체조, 기타 보조 기구 등을 종합적으로 구사하여 약을 안 쓰고 병을 고칩니다.

선생께서 언급 안 하신 것 중에 제가 강력히 권고하는 것은 '요료법'입니다. 인체는 신비하여 암에 걸린 사람은 자기 몸에서 암을 억제하는 물질을 만들어 냅니다. 이것이 오줌에 섞여 나오는 것이지요. 오줌을 마시면 우리 몸의 면역계와 호르몬계가 활성화되어 병에 견디는 능력이 월등히 강해집니다. 아직 우리나라에서 요료법에 대한 임상학적 연구는 빈약하지만, 이웃나라 일본에서는 상당히 수준 높은 연구가 이루어져 있고 현재 수백만의 일본인이 요료법을 일상적으로 하고 있습니다. 저 역시 1년 전부터 요료법을 실천하고 있는데 지난 1년 동안 감기 한번 앓지 않았습니다. 그 밖에 만성적인 요통이 사라지고 좀처럼 피로감을 느끼지 않습니다. 자매님께서 어떤 방식의 자연요법을 실시하더라도 요료법만은 꼭 병행해 주시길 바랍니다.

해관 선생은 가톨릭 신자는 아니시지만 주로 성당 조직을 통해 활동하였기 때문에 이미 가톨릭에서는 널리 알려져 있는 분입니다. 현재 광주에서 활동하고 계십니다.

저는 그동안 징역 살면서 나름대로 상당히 많은 의학 및 건강서를 섭렵한 셈입니다. 제 건강이 좋지 않았기 때문이기도 하지만 주변에 병든 사람이 워낙 많아서입니다. 자격은 없지만 사랑과 관심으로 조언은 할 수 있으리라는 생각으로 나름대로 공부를 하고 있습니다. 저의 주된 관심은 역시 자연건강 · 자연치료입니다. 그 밖의 양의나 한의는 이를 위한 보조 학문에 지나지 않습니다.

디냐 자매님, 다시 한 번 강력히 권고합니다. 부디 몸에 쇠를 대지 마시고 자신의 몸에 있는 자연 치유력을 이용하여 치료하시길 바랍니다. 지금 느끼고 계신 하느님 사랑에 대한 믿음과 의지라면 충분히 고치고도 남습니다. 병원을 전전하다 만신창이가 다 된 사람의 몸도 자연요법으로 고치는데 자매님과 같은 경우는 얼마든지 고칠 수 있습니다. 마음을 즐겁게 가지십시오. 의지는 굳게 하시고요.

급하게 서두르다 보니 부활 인사도 못 드렸습니다. 부활의 기쁨 함께 나눕니다. 편안한 휴식 갖길 바랍니다. 또 소식 드리겠습니다.

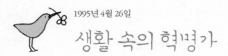

생활 속의 혁명가

지금 기분이 어떠신지요? 혼자서 멀리 창밖을 내다보시며 생각이 많으시겠지요? 그 생각이 단순히 번잡스런 세상사에 대한 걱정이 아니라 존재 그 자체에 대한 근본적인 물음일 것이라고 생각해 봅니다. 자매님께서는 인력으로 어찌할 수 없는 병을 얻음으로써 신앙의 본질을 처음으로 확연히 깨우칠 수 있는 기회를 갖게 되지 않았나요? 하느님의 사랑을 지금처럼 절절이 느껴 본 적이 없다고 고백하시는 자매님의 말씀이 그렇습니다.

지난번에 제가 자연치료를 적극적으로 권유하였는데 어떻게 결심하셨는지요? 오늘은 자연요법 측면에서 보는 건강의 문제를 자매님과 함께 생각해 보려고 펜을 들었습니다.

먼저 건강 이전에 이 세상 모든 사물은 '균형'을 통해 그 있음을 드러냅니다. 물방울을 예로 들면, 물의 원심력과 구심력이 팽팽한 균형을 이룰 때에 물방울이라는 형태가 만들어집니다. 우리가 딛고 사는 지구라는 구체도 똑같은 원리입니다. 그러므로 사물의 모습과 건강함은 '사물 내부와 사물들 사이의 균형'으로 결정됩니다.

그러면 건강의 주체인 사람을 놓고 생각해 봅시다. 몸 내부의 균형, 우리 몸과 환경 사이의 균형이 올바로 갖추어져 있을 때에 우리는 건강을 말할 수 있을 겁니다.

우리 몸 내부의 균형은 다음 네 가지 부분, 숨 쉬기(息), 먹기(食), 움직이기(動), 생각하기(想)가 올바로 기능할 때 가능합니다. 이중에 어느 하나라도 잘못되면 병이 납니다. 숨을 제대로 못 쉬어도, 식사를 잘 못해도, 운동을 제대로 안 해 주어도, 불건전한 생각에 몰두해도 우리 몸 어디선가 병이 납니다. 이 네 가지는 사실상 우리 생활의 일거수일투족이므로 우리는 매순간 몸의 균형을 위해 노심초사해야만 합니다. 적어도 올바른 습관이 붙을 때까지는요. 지금 시중에는 엄청난 양의 건강 서적이 나와 있는데 이들은 모두 이 네 가지를 어떻게 잘 할 것인가를 기술한 것입니다. 단전호흡, 자연식품, 산야초, 기공체조, 도인술, 요가, 명상 등이 자연요법에서 주장하는 대응방법이지요. 이에 관한 것은 하도 그 유파와 종류가 많아서 자기 체질과 취미에 맞는 것을 선택하여 실행하면 될 것입니다.

다음에 나와 환경 사이의 균형을 살펴봅니다. 대부분의 건강서는 몸 내부의 균형만을 중시하는 나머지 환경과의 관계를 소홀히 하는 경향이 있는데, 사실 환경과 사이가 좋지 않다면 아무리 내부의 균형을 위해 노력한들 소용이 없습니다.

　나와 환경의 관계는 크게 보아 '나와 사회관계', '나와 생태계의 관계'로 나눌 수 있습니다. 먼저 나와 사회의 관계가 원만한가는 우리의 건강을 결정짓는 가장 중요한 요소 가운데 하나입니다. 사실 직장과 사회에서 받는 과도한 스트레스 때문에 병을 얻는 것 아닙니까? 그렇게 해서 생긴 병에 약만 투여한다고 치료가 되겠습니까? 병의 원인을 제공한 사회 속에서 균형을 회복하지 않으면 약으로 치료해 봐야 소용이 없습니다. 가정이나 직장 또는 마을과 같이 자신이 몸담고 있는 각 사회 단위에서 올바른 균형을 갖추기 위해 노력하는 것이 가장 중요한 치유의 단계입니다.

　그 다음 생태적 환경은 크게 보아 물·공기·토양과 같은 물리화학적 환경과 동식물을 포함한 생물학적 환경으로 나누어 볼 수 있습니다. 우리가 스스로 건강해지기 위해서는 우리를 둘러싸고 있는 물과 공기와 토양이 건강해야 합니다. 마찬가지로 우리 주위에 있는 온갖 식물과 동물과의 관계가 상생적이어야 합니다. 사람 중심주의에 서서 그들을 핍박하면 그 손해는 결국 사람에게 오게 돼 있습니다. 단언컨대 지금 이 순간 농약으로부터 자유로운 대한민국의 도시인은 한 사람도 없을 것입니다. 식품으로 쓰는 동식물을 착취한 결과입니다. 이렇듯 생태 환경의 건강함은 우리 건강의 대전제인 셈입니다.

　제가 지금 갈래를 나누어 설명했지만 이들 각자는 서로 얽혀 있어서 어느 것 하나를 따로 중시하고 자시고가 없습니다. "이것이 있음으로 해서 저것이 있고, 저것이 있음으로 해서 이것이 있다."는 부처님 말씀대로입니다. 그러므로 자신의 건강을 지킨다는 것은 결국 온갖 건전한 사회운동과 연관이 되어 있음을 알게 됩니다. 예컨대 각종 공해 반대 운동, 우리 농산물 지키기 운동, 도덕 회복 운동, 내 탓이오 운동, 좋은 아빠 엄마 되기 운동, Marriage Encounter 운동, 우리 마을 지키기 운동, 각종 공동체 운동 등등.

자매님, 이렇게 쓰고 보니 자신의 건강을 지킨다는 것이 실로 엄청난 일임을 알겠습니다. 어떻게 보면 어두웠던 시절, 새로운 사회를 만들어 보겠다고 떨치고 나선 혁명가의 어깨보다도 더 무겁게 느껴집니다. 그렇습니다. 건강을 회복한다는 것은 생활 속의 혁명가가 되겠다는 것과 같은 말입니다. 그 혁명은 나와 사회와 자연이 일체가 되는 혁명입니다.

이 모든 것을 한마디로 줄이면 '하느님께 귀의'가 됩니다. 하느님은 세상만사 조화주이시기 때문입니다. 그러므로 건강하다 함은 나와 하느님 사이의 관계가 팽팽하니 균형이 잘 잡혔는가를 말합니다.

디냐 자매님, 다시 건강해지기 위해서는 생활 속의 혁명가가 되어야 합니다. 투사가 되어야 합니다. 온갖 잘못된 식생활과의 투쟁, 온갖 인간성을 마비시키는 외래 문물과의 투쟁, 온갖 타성에 빠진 습관과 몸놀림에 대한 투쟁 등. 마음 단단히 하셔야 합니다. 그리고 이 싸움은 결코 자매님 혼자만의 싸움이 아닙니다. 작게는 자매님과 그 주변, 크게는 우리 모두의 싸움입니다.

어쩌면 암이란 것은 이 큰 싸움의 작은 부분에 지나지 않습니다. '전체와의 균형'이란 측면에서 볼 때 우리 모두 병자 아닌 사람이 없습니다. 저 역시 요모조모 진단해 볼 때 겉으로 멀쩡한 것 같아도 아픈 데 투성이입니다.

디냐 자매님, 저와 함께 떨쳐 일어나 대장정에 나서지 않겠습니까? 주님의 사랑 속에서 늘 여유롭길 바라며 이만 줄입니다.

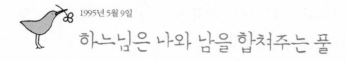

하느님은 나와 남을 합쳐주는 풀

이 좋은 날씨에 자매님은 지금 무엇을 하고 계신지요? 안동 집에 계신지 아니면 병원에 계신지 모르지만 자매님께서 그동안 최선의 선택을 하셨으리라 생각합니다. 어버이날 귀여운 자녀들로부터 물론 카네이션은 받으셨겠지요? 병상이라서 특별히 감회가 새로웠으리라 봅니다.

오늘 저는 한 달에 한 번 모이는 신앙 모임에 참석했다가 돌아와서 이 편지를 씁니다. 저는 토론 자리에서 '하느님의 부르심' 이라는 주제를 가지고 짤막한 묵상 결과를 발표했습니다.

"하느님은 우리가 살고 있는 그 자리, 우리가 일하고 있는 그 자리에서 언제나 우리를 부르고 계신데 우리는 그것을 보지 못하고 있다. 우리 자신이 만든 세속적인 욕망과 이기심, 교만 등에 휩싸여 있어 보지 못하는 것이다."

저는 이것을 '눈꺼풀'이라고 불렀습니다. 이 눈꺼풀을 떼어 내면 우리는 어디서고 하느님을 볼 수 있습니다. 그렇게 되면 나와 이웃 사이의 벽이 무너지고 하나가 될 수 있습니다. 친교가 이루어지는 것이지요. 여기서 저는 이러한 결론을 내렸습니다.

"하느님을 알아보는 순간, 즉 눈꺼풀이 떨어지는 순간, 우리는 이웃과 또는 세상과 하나가 된다. 그러므로 하느님은 나와 남을 합쳐주는 풀이다."

풀은 영어로 '글루(glue)'라고 합니다. 이 생각을 했을 때 불현듯 떠오르는 것이 있었습니다. 10여 년 전 저 멀리 북구 어느 나라의 '글루온'이라는 도시에서 남북의 기독교인들이 만나 최초로 공동성명을 낸 일이 있었습니다. 남북이 만났는데 하필이면 그 장소 이름이 글루온인지…… 아주 의미심장하게 느껴졌습니다. 자매님과 저 사이에도 끈끈히 눌어붙어서 떨어지지 않는 이 풀이 보이지 않습니까?

대략 이런 얘기를 하고 돌아와 잠시 쉰 뒤 마침 읽으려고 놓아두었던 마르틴 부버의 《인간화의 길》이라는 작은 책자를 펼치니 머리말에 이런 구절이 적혀 있습니다.

"세상은 하느님 빛의 발로이지만 제 나름의 자립과 지향을 가졌다. 그래서 언제 어디서나 '껍질'을 만들어 쓰고 있는 것이다. 오직 인간만이 그 껍질을 깨고 세상을 풀어 주어 그 근원과 다시 하나 되게 할 수 있다. 이 일은 인간이 사물과 거룩한 관련을 맺고 이를 거룩하게 씀으로써, 다시 말해 그 일에 있어 자기의 의지가 하느님의 초연성을 향하게 함으로써 성취될 수 있다. 이렇게 해야 신적 내재가 껍질의 귀양살이에서 풀려난다."

조금 길게 인용했는데 제가 묵상한 것과 같은 내용이지요? 다만 제가 미처 생각 못했던 것은, 아니 생각 못했다기보다 아직 저로서는 충분히 납득되지 않는 것은 "오직 인간만이 모든 피조물의 성화를 가능케 할 수 있다."는 것입니다.

저는 우리 인간이 눈꺼풀(껍질)을 벗어던짐으로써 하느님과 하나될 수 있음만을 얘기했는데 — 물론 하느님과 하나 됨은 즉 우리가 연관을 맺고 있는 모든 것과도 하나 됨을 의미합니다. — 이 하나 됨이 '피조물의 성화'라고까지는 보지 못했습니다. 부버에 따르면 자연의 성화는 인간에 의해서만 — 천사도 못하는데 — 가능하다고 합니다. 저는 지금까지 자연 속에 살아 숨 쉬는 하느님을 알아봄으로써(신성 발견) 인간이 성화된다고 알고 있었지 그 과정을 통해 자연이 성화된다고는 생각하지 않았거든요. 이 문제는 좀 깊이 생각해봐야겠습니다. 이 문제를 잘 풀면 세계와 자연에 대한 새로운 통찰을 얻게 될지도 모른다는 예감이 듭니다. 현대신학, 특히 생태신학에서 강조하는 것이 인간 중심주의에 대한 비판이었는데 부버는 거꾸로 인간에 의해서 자연이 성화될 수 있다 하니 얼마나 놀랍습니까? 물론 그의 생존 당시에는 생태신학이란 것이 아예 존재하지도 않았기 때문에 혹시 전통적인 인간 중심주의 신학의 변형이 아닌가 생각할 수도 있겠지만 저는 그렇게 쉽게 보고 싶지 않습니다. 좀 더 시간을 갖고 연구해 봐야겠습니다.

　디냐 자매님, 병상에서 주로 무엇을 하시는지요. 골치 아파서 책은 잘 안 들어오지요? 아마 좋아하는 음악을 주로 들으실 것으로 생각됩니다만. 좀 위안이 되는 편지를 했으면 좋겠는데 매일 방구석에 처박혀 앉아 묵상이나 하고 머리를 굴려 대니 편지 쓰기도 뜻대로 안 되네요. 다음에는 좀 웃기는 얘기들을 써야겠어요.

　디냐 자매님, 하루하루 충만함과 평화 속에서 지내시기를 기원합니다. 순간순간 주 하느님의 현존을 느끼며 살아가시기를 기원합니다. 하느님이 계시는 한 우리는 하나입니다. 그분은 풀이니까요.

1995년 8월 9일
암에 걸려 주셔서 감사합니다

이 무더위에 어찌 지내시고 계시는지요? 이곳은 연일 37도를 오르내리다 오늘에야 겨우 소나기가 한 줄금 내렸습니다. 그것도 잠깐.

저는 열심히 살고 있습니다. 다만 요즘은 팔일오 대사면 때문에 조금 뒤숭숭하기는 하나 저희 장기수들은 거의 마음을 비운 상태입니다. 아직은 때가 아니라는 거지요.

건강은 어떠신지요? 자매님께 자주 편지 드려서 즐거움을 주겠다고 하면서도 독방생활이 뭐가 그리 바쁘다고 한 달에 한 번 겨우 펜을 듭니다. 용서하십시오. 사실 그동안 계속해서 건강 서적 따위를 탐독했습니다. 많은 책을 읽다 보니 때때로 기가 막힌 내용들과 마주치기도 합니다. 개중에는 성경이 따로 없구나 싶을 정도로 좋은 책도 있었습니다. 건강을 다루었지만 삶과 종교 모두를 아우르고 있는 책이지요. 그런 책을 읽으며 감동에 젖으면 자매님께 감사를 드리게 됩니다. 자매님께서 병에 걸리지 않았더라면 제가 그런 책을 보지 않았을 테니까요. 한번은 너무도 감동한 나머지, "디냐 자매님, 암에 걸려 주셔서 감사합니다!" 하고 망령된 말까지 입 밖으로 튀어 나오고 말았습니다. 한참을 자책하고 나서 가만히 생각해 보니 아, 자매님께서도 지금쯤은 "하느님, 제게 이런 시련을 주셔서 감사합니다." 하고 기도하시지 않을까 하는 생각이 들었습니다. 아마 틀림 없이 그러시겠지요.

암에 걸린 사람들은 틀림없이 그 속에 암적인 마음을 지니고 있다 합니다. 그 마음에서 병이 비롯되었다는 거지요. 그러므로 병을 고치려면 먼저 그 마음을 고쳐야 된다는 겁니다. 또 이렇게도 설명 합니다. "암은 약이나 수술로는 고칠 수가 없다. 자신의 의지로도 안 된다. 하느님의 사랑만이 치유할 수 있다. 진정으로 하느님 사랑 안에 충만함을 느낄 때 치유는 시작된다."

동양 의학에서는 하느님 사랑 대신에 '생명의 원기' 또는 '생체 에너지' 등의 말을 쓰지만 뜻은 마찬가지입니다. 아무튼 치유의 요 체는 '사랑'에 있습니다. 남김없이 사랑받고 사랑할 때 모든 세포는 정상이 됩니다.

예수 그리스도의 모든 가르침이 사랑이라는 한마디 말로 압축할 수 있을진대, 병에 걸려 진실로 사랑의 의미를 깨우칠 수 있었다면 그것이 암이라 한들 어찌 고맙지 않겠습니까?

자매님, 제가 매일 이곳에서 묵주에 실어 보내는 사랑의 선물을 감지하시는지요? 부디 병마를 이겨 내시어 사랑의 원자탄이 되시기를 기도합니다. 그리하여 저도 그 사랑의 불길에 언 몸을 좀 녹일 수 있도록이요.

아이들은 모두 건강하겠지요? 방학인데도 엄마랑 같이 놀러 가지 못해 섭섭하겠습니다. 아무쪼록 모든 분께 안부 전해 주시고 몸조리 잘하십시오.

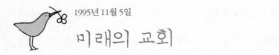

미래의 교회

반갑습니다. 얼마 만에 듣는 목소리인지. 건강이 많이 좋아지셨다니 얼마나 고마운지요. 감사합니다. 몸이 좋아지셨다고는 하나 어느 정도인지 모르겠습니다. 장바구니 들고 시장으로 나들이도 갈 수 있는 정도인지, 아니면 동네 뒷길을 산책할 정도인지.

병에 걸려 감사하다는 저의 무지막지한 표현조차 사랑으로 받아들이신 자매님이 고맙습니다. 자매님이 아니고서야 제가 어찌 감히 그런 말을 할 수 있겠습니까. 과연 하느님은 사랑이십니다.

보내 주신 《충격 대예언》을 바로 읽고 몇 자 적어 봅니다. 사실 저는 웬만한 자리에서 저의 신앙관을 잘 얘기하지 않습니다. 저의 신관이나 교회관이 바티칸의 공식 가르침과는 좀 거리가 있기 때문이지요. 그러나 교회는 저 정도의 '변종'은 용납해 준다고 보기에 스스로 독실한 신자라고 믿고 있습니다.

솔직히 말씀드리면 《충격 대예언》의 내용은 제게 그다지 충격적이지 않습니다. 10여 년 동안 그와 같은 부류의 책을 많이 보았기 때문에 이미 면역이 되었기도 하지만, 제 생각도 그 책의 예언들과 일치하는 부분이 많기 때문입니다.

우선 가톨릭 신자로서 앞으로 10여 년 안에 종파로서의 로마 가톨릭이 종말을 고한다는 사실은 충격적일 수밖에 없습니다. 저는 이 예언이 '10여 년'이라는 숫자에 얽매이지 않는다면 결코 터무니없다고 생각하지 않습니다. 뿐만 아니라 진정한 신앙인이라면 이 종말 소식을 고통스럽지만 기꺼이 받아들여야 한다고 생각합니다. 마치 예수가 겟세마네 동산에서 "주여 될 수만 있다면 이 잔을 거두어 주소서. 그러나 제 뜻대로가 아니라 주의 뜻대로 하소서."라고 고뇌 어린 기도를 드렸듯이.

종교 조직으로서 바티칸의 종말을 저는 역사적 필연으로 보고 싶습니다. 지금까지 제가 발견한 진리 가운데 가장 확신하는 것 중의 하나는 "믿음이 조직화되면 그 순간부터 본래의 가치가 변질된다."는 것입니다.

기독교는 대단히 어려운 환경에서 태어나 무수한 순교자를 내면서 거대한 조직으로 발전을 거듭해 왔습니다. 이 과정에서 기독교는 어쩔 수 없이 두 가지 오류를 범했습니다. 이것은 자유로운 상태에서의 선택적 오류가 아니라 주어진 상황에서 어쩔 수 없이 취하게 된 방편적 오류라고 볼 수 있습니다.

그 첫째가 '편협한 신관'입니다. 이것은 유대교 전통에서 물려받은 측면이 강한데, 기독교는 오랜 세월 동안 지나칠 정도로 인격신의 개념에 의지해 왔습니다. 그러다 보니 기독교는 철저하게 인간 중심적 종교가 되었고 또한 역사 이래 가부장제와 쉽게 결합함으로써 여러 가지 문제를 노출시켰습니다. 인격신은 신 개념의 한 부분에 지나지 않음에도 부분을 가지고 전체를 대신하다 보니 기독교의 신관이 대단히 편협해지고 말았습니다. 이로 인해 기독교는 이교도의 신과 무수한 싸움을 하게 됩니다.

둘째로 폭력적 전교로 인한 창조 질서의 파괴입니다. 여기서 폭력은 총칼을 동원한 폭력뿐 아니라 심리적 폭력까지 다 포괄하는 개념입니다. 하늘 아래 있는 모든 것은 ― 그것이 종교이든 미신이든 무엇이든 간에 ― 다 창조주 하느님으로부터 존재 이유를 부여받은 것입니다. 그러나 기독교는 '유일신'을 내걸고 그것들을 '폭력'으로 없애 버리려 하였습니다. 전교의 미명 아래 지난 2천 년 동안 기독교인들이 벌인 전쟁과 파괴, 그리고 그로 인해 인간이 흘린 피와 좌절이 어느 정도인지는 헤아리기조차 어렵습니다. 이것은 물론 편협한 신관에도 이유가 있지만 지상의 권력과 파워 게임을 벌였던 교회 조직이 더 직접적인 원인입니다.

이 두 가지는 오류이면서 동시에 기독교를 오늘날과 같은 세계 종교로 키우는 데 결정적인 역할을 하였습니다. 이것이 죄 많은 세상에서 하느님이 일하시는 방식이었습니다. 그러나 이제 이렇게 조직화된 기독교의 생명력이 다해가고 있습니다. 말하자면 조직화된 기독교의 역사적 사명이 끝나고 조직의 해체를 통해 새로운 시대가 열리고 있는 것입니다. 혹자는 현재 제삼세계, 특히 아프리카, 아시아에서의 급격한 교세 증가를 두고 이를 반박할지 모르겠으나 이들 새로운 세계에서 일어나는 기독교를 유럽의 기독교와 같은 것으로 보는 것은 잘못입니다. 그것은 새로운 기독교의 토양이 될 것입니다. 사멸해 가는 유럽 교회에서 배출된 교황과 주교들이 신자의 대다수를 점하게 될 이들 새로운 세계의 기독교를 통치한다는 것은 난센스입니다.

하느님은 지난 2천 년 동안 어리석은 인간의 교화를 위해 교회의 조직화를 허용하셨습니다. 말하자면 대중 교화를 위한 가장 적절한 방도를 취한 것이지요. 그러나 대중 교화를 위해 만들어진 거대하고 강력한 교회는 신자 대중이 늘어나면 늘어날수록 신앙의 본질로부터 점점 멀어져 갑니다. 달이 차면 기울듯이 이러한 교회 조직은 결국 때가 되면 스스로를 부정할 수밖에 없는 처지에 이르게 됩니다. 이것은 근대 산업사회에서 대량생산 체제가 생산성의 급격한 상승을 가져왔지만 노동의 의미를 본질적으로 왜곡시킨 것과 같은 이치이지요.

믿음이 조직화되었다가 멸망한 가장 극적인 예가 러시아 공산주의입니다. 공산주의라는 이상주의적 믿음을 혁명을 통해 조직화하였다가 그것이 국가 권력으로 변질되면서 원래의 의미는 온데간데

없고 전체주의와 관료주의라는 돌무덤으로 변하더니 어느 날 갑자기 와르르 무너지고 말았습니다.

이 같은 전철을 밟지 않으려고 지금 한국교회는 작은 공동체 운동을 열심히 벌이고 있습니다. 참으로 시의적절한 운동입니다. 그러나 그날 먹고사는 노동자와 서민 대중이 교회의 문턱이 높다고 생각하는 한, 미사에 참석하는 것이 마치 한 주일 동안 누적된 세속의 때를 씻어 내는 의식으로 생각하는 한, 그리고 교회에 들어가는 것이 마치 남의 집에 초대받아 가는 기분이 드는 한 우리의 작은 공동체 운동은 앞길이 어둡기만 합니다. 그러한 것들을 고치기 위해 이 운동이 제기된 건 사실이지만 여전히 사람들은 교회 내에 무슨 새로운 사업이라도 도입된 양 낯설어하기만 합니다. 사실 작은 공동체 운동은 고도로 중앙집권적인 바티칸 조직과는 모순되는 운동입니다. 때문에 그것이 교회 조직의 쇄신으로까지 발전하기는 어려울 것으로 봅니다. 유감스럽지만 저는 지금의 교회 상황이 또 다른 예수 그리스도가 나타나기 전에는 쇄신하기 어려울 정도로 타성에 젖어 있다고 진단하고 있습니다.

이쯤 되면 자매님께서도 제가 왜 예언자들의 '끔찍한 예언'에 공감하는지 이해가 가실 것입니다. 저는 그 책을 읽고 "새 시대를 준비하라."는 믿음을 더욱 굳게 가지게 되었습니다.

새 시대는 교육 수준의 향상과 과학의 발달에 힘입어 예전과 같은 대중 교화 방법이 필요 없게 됩니다. 예언서에서 말한 대로 인간과 신의 직접 대화를 통해 스스로를 교화하게 됩니다. 그 도구로 쓰이는 것이 작은 공동체입니다. 이러한 상황에서는 예전과 같은 거대 교회 조직과 사제 계급이 필요 없게 되지요.

사실 어떻게 보면 교회의 역사는 예수님의 운명과 닮은 데가 있습니다. 예수님은 하늘나라의 기쁜 소식을 사람들에게 알리고자 하나 도대체 알아듣지 못하는 현실을 놓고 안타까워합니다. 결국 예수님은 방편으로서 치병의 기적을 비롯해 여러 가지 이적을 행합니다. 사람들이 구름처럼 몰려들지요. 예수님의 목적은 단순히 병을 고쳐 주는 데 있지 않고 기적을 통해 하느님의 능력을 깨닫게 하고 하느님을 믿어 사람들로 하여금 스스로 성화할 수 있도록 하기 위함이었습니다. 그러나 사람들은 그를 위대한 무당이나 유대 민족을 구원할 민족의 지도자 정도로 보았고, 지배자들은 불순한 선동가로 보았던 것입니다. 결국 예수님이 대중 교화를 위해 택한 방편은 거꾸로 비수가 되어 예수님을 죽음으로 몰고 갑니다. 이것이 하느님 아들의 운명이었던 것입니다.

우리 교회의 운명도 그렇습니다. 대중 교화를 위해 '택한' 인격신 개념과 거대 교회 조직은 2천 년을 지내오면서 엄청난 일을 해냈지만 종내는 사람들의 참된 성화를 방해하는 장애물이 되어 버렸습니다. 이를 극복하고자 밑으로부터 여러 가지 움직임이 있지만 이미 굳어져 버린 껍데기들이 걷히지 않고서는 별 효과가 없습니다.

미래의 교회는 개인과 작은 공동체를 중심으로 하고 지역을 기반으로 하는 각 공동체들이 유기적 연대를 가지는 구조로 짜일 것입니다. 그것은 어쩌면 조직이랄 것도 없습니다. 자연스런 '자연의 질서'일 뿐이지요. 신관도 인격신의 관점이 좀 더 약해지고 인간과 자연과 하느님이 일체가 되는 범신론적 관점이 강화되는 그런 것이 될 것입니다. 이렇게 되면 다른 종교와 다툴 일도 없습니다. 이미 그 신관과 조직을 누구나 '보편적'으로 받아들이기 때문입니다. 가톨릭의 본뜻이 이것이 아니던가요?

디냐 자매님, 소감을 조금 적는다는 것이 논문이 되고 말았습니다. 어찌 보면 불경스런 주장이기도 하니 그저 참고로 들어주시길 바랍니다.

축일을 기억해 주시어 감사합니다. 아이들은 모두 건강하지요? 아, 그리고 《진기광의 세계》라는 책을 한 권 보냅니다. 지방에서는 구하기 힘든 책입니다. 제가 읽고 깊은 감명을 받은 책입니다. 찬찬히 읽어 보시면 자매님께서도 깊은 흥미를 느끼실 것입니다.

디냐 자매님, 겨울이 코끝에 와 있습니다. 겨울 준비 단단히 하시고 평온한 나날 보내시길 바랍니다. 주 하느님의 사랑과 평화가 언제나 함께하시길 기도드립니다.

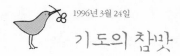

기도의 참맛

안녕하십니까? 오랫동안 소식 전하지 못했습니다. 요즈음 몸은 어떠신지요? 늘 자매님의 건강을 염려하면서도 자매님의 건강 회복을 위한 저의 기도와 정성이 부족하다는 자책감을 떨쳐 버릴 수가 없습니다. 아무 말 안 해도 우리 마음을 다 헤아리시는 하느님을 믿으면서도 말입니다.

요즘 저는 사순절 기간 동안 '십자가의 길' (예수께서 사형선고를 받고 십자가에 못 박혀 죽으시고 묻히시는 과정을 모두 14개의 장면으로 나누어 묵상하는 기도. '14처 기도'라고도 한다. 보통 성당에 가면 사방 벽에 14개의 장면들이 그림 또는 부조로 묘사되어 걸려 있다.)을 바치면서 기도의 참맛을 만끽하고 있습니다. 그것은 순전히 한 벨기에 화가가 그린 '14처 성화' 때문입니다. 이것은 지금 아프리카에 계신 마리루시 수녀님이 잠시 벨기에에 머무를 적에 보내온 것인데 그동안 보아 온 14처

성화와는 아주 다릅니다. 기존의 성화들은 고통에 빠진 예수님 한 분의 모습만을 그린 것이었으나 이것은 하나의 장면에 관련된 여러 가지 성서 속의 이야기들을 절묘하게 함축·결합하여 그린 것입니다.(벨기에의 성모 발현 성지인 보랭의 수녀원에 있는 14처 기도 장소에 설치된 작품인 듯하다.) 게다가 단순한 평면화가 아니라 도조 작품(도자기 위에 그려서 그림 조각들을 붙인 것)인지라 독특한 분위기를 자아내고 있습니다. 해서 염송을 하는 중에 눈으로는 작품을 들여다보면서 부단히 작가의 의도를 헤아립니다. 동시에 그 그림의 성서적 의미와 가치를 묵상합니다.

그러다 보면 벌써인가 싶게 14처를 모두 지나게 됩니다. 묵주신공의 지루함에 비하면 그야말로 잠깐입니다. 부끄러운 얘기입니다만 저는 묵주신공을 그렇게 바치고도 여전히 지루함과 부담감으로부터 자유롭지 못합니다. 아무리 노력해도 흡족한 신공이 되지 않습니다. 첫째가 호흡입니다. 기도말의 연결이 자연스런 호흡으로 잘되지가 않아요. 호흡이 들쭉날쭉 일정치 않아서 집중이 잘 안 되고, 그러다 보니 자연 딴생각이 들고……. 레지오에서 내려 준 요청기도를 하면서도 이렇게 단수 채우기에 급급하면 안 되는데 할 때가 많습니다. 아직은 지금까지 드린 묵주신공의 절대적인 단수가 모자라기 때문일지도 모르겠습니다. 사실을 말씀드리면 입문 시절 처음 외우게 된 성모송이 어찌나 어색하고 혀가 꼬이던지요. 현재의 가톨릭 기도문들은 우리 고유의 숨 길이와 리듬에 맞추어 만들어진 것이 아닙니다. 그러다 보니 무지막지한 반복으로 억지로 기도문에 맞추어 호흡과 리듬을 몸에 붙이게 됩니다. 아직도 저는 제게 맞는 호흡과 리듬을 찾고 있는 중입니다.

이에 비해 불교의 염송은 마치 입에 맞춘 듯 술술 잘 됩니다. 예를 들어 '관세음보살'이라는 단 다섯 마디의 기도말을 가지고 한 시간을 염송해도 지루한 줄을 모릅니다. 천 년이라는 세월 속에서 불교식 염송의 리듬이 우리 안에 내재되어 있어 그렇지 않나 생각합니다. 지금도 저는 가끔 염송의 맛을 느끼기 위해 반야심경 같은 것을 외워 봅니다. 한번은 로사리오 기도를 반야심경의 리듬에 맞추어 했더니 시간도 엄청 걸릴뿐더러 '영 아니올시다'였습니다.

결론은 스스로 몸에 맞는 호흡과 리듬을 찾을 수밖에요. 제가 '십자가의 길'을 특별히 좋아하는 이유는 내용이 풍부하기도 하지만 주요 기도문이 각 처마다 한 번씩밖에 반복되지 않기 때문입니다. 언젠가 기도문과 나의 호흡이 일치하는 날이 오면 로사리오 신공도 숨을 쉬듯 그렇게 드릴 수 있겠지요.

디냐 자매님, 이 은혜의 사순 막바지를 어떻게 보내고 계시는지요? 사랑스런 우리 공주님들과 임마누엘도 말썽 없이 잘들 있고요? 저는 이번 3월부터 레지오 단장직을 맡게 되었는데 주회 때마다 참관하시는 대구 지역 본당 자매님들을 보면서 자매님을 떠올립니다. 디냐 자매님도 이곳에 사셨다면 적어도 두세 달에 한 번쯤은 주회를 통해서 뵐 수 있을 텐데 하고 말입니다. 쓸데없는 소리 한번 해 보았습니다. 무엇보다도 먼저 자매님의 건강이 하루빨리 정상으로 돌아와야 합니다. 부디 몸조리 잘 하시길 바랍니다. 부활 시기에 또 뵐 것을 약속드리며 여기서 마칩니다. 기도 중에 제가 속한 레지오 Pr. '증거자들의 모후' 도 기억해 주시면 고맙겠습니다.(Pr.은 쁘레시디움의 약자로 레지오 마리애를 구성하는 하부조직이다. '증거자들의 모후' 는 쁘레시디움의 이름이다.)

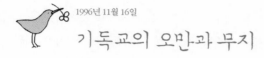

기독교의 오만과 무지

보내 주신 편지와 책 고맙게 받았습니다. 글 속에 자매님의 건강에 대한 언급은 없었지만 그런대로 안정되어 있는 듯이 느껴졌습니다. 하긴 그 병은 완치되기까지 최소 7년에서 9년은 필요하다고 하니까요.

전시회는 아주 우습게 되고 말았습니다. 미리 말씀 못 드려 죄송한데 지난 11월 1일에서 6일 사이에 과천 시민회관에서 무사히 마쳤다고 합니다. 우습게 되었다는 건 글쎄, 제 어머니께서 전시 첫날 가셔서는 걸려 있는 제 그림 두 점을 모두 사서 집으로 가져가셨다는 것입니다. 저는 전시 기간이 끝난 뒤에야 가져갈 수 있는 것으로 알았는데 그게 아니었던 모양입니다. 그러하니 전시회가 아니라 단순 판매전이 되고 말았지요. 내년에는 아예 비매품 딱지를 붙이고 전시가 끝난 뒤에 찾아가게 해야겠습니다. 전국 교정 작품 전시회에는 첫 출품이고 또 수채화도 올해에야 처음 붓을 잡아 출품했기에 큰 상은 못 받고 그냥 입선에 만족해야 했습니다. 내년쯤이면 나름대로 실력이 갖추어지지 않겠나 생각합니다.

큰아이가 어머니 땜에 가고 싶은 대학도 포기하고 안동에서 효녀 노릇을 하고 있다니 참으로 대견합니다. 어쩌면 아이들을 그렇게 착하게 기르셨는지요. 물론 하느님께서 하신 일이지만요. 그림을 하는 민정이가 진짜 엄마의 못 다한 꿈을 이루어 줄지 모르겠네요. 그림이란 게 워낙 돈이 많이 들어가는 것이라 좀 걱정은 됩니다만 소질이 있다면 팍팍 밀어 주셔야 합니다.

제가 이 안에서 수채화를 그리는데, 두꺼운 2절 와트만지 한 장에 2,800원씩이나 합니다. 그러니 질 나쁜 종이에다 충분히 연습을 한 뒤 작품이 되겠다 싶으면 좋은 종이에 그립니다. 그러나 수채화란 것이 종이의 질에 따라 화법이 다 다르기 때문에 그것도 쉽지는 않습니다.

보내 주신 책《신의 지문》은 재미있게 읽었습니다. 읽으면서 가장 자괴스럽게 여긴 것은 기독교의 오만과 무지였습니다. 유일신을 가진 종교는 예외 없이 타종교의 문화에 대해 배타적이고 심지어 파괴적이기까지 합니다.

요즘에도 우리나라에 일단의 경직된 기독교인들이 우리 돈에 불교의 우상이 그려져 있다 하면서 화폐도안 개정운동을 벌이고 있습니다. 또 광주에서는 한 화가가 구청 청사 전면 벽에 벽화를 그렸는데 그림 중앙에 있는 앉아서 명상하는 자세의 사람 형상을 보고 그 지역 기독교인들이 특정 종교를 나타낸 것이라고 철거운동을 벌인다고 합니다. 제가 보니까 아무런 종교적 특징도 없고 그저 맨 몸뚱이 사람이 명상하는 모습이던데요. 도대체 기독교인들의 사고방식이 이렇게 편협해서야 어떻게 종교와 사상이 다른 사람들과 평화롭게 살아가겠습니까? 실제로 인류사에 있었던 비참한 전쟁들 중 상당 부분은 유일신을 믿는 종교 지역에서 벌어졌습니다. 저는 그런 지배와 정복의 종교가 너무도 싫습니다.

《신의 지문》에도 기독교인들이 ─그때는 모두 가톨릭이었지요─ 중남미를 정복할 때 얼마나 무식하게 토착 문명을 파괴했는지에 대해 자세히 나와 있습니다. 기독교 세계에서는 겨우 2백여 년 전까지만 해도 지구의 역사를 성서에 근거하여 계산한 결과 겨우 4천 년밖에 되지 않은 것으로 알고 있었습니다. 아담 이후의 족보를 곧이곧대로 계산한 것이지요. 이런 '무지한' 기독교인들이 멕시코에 가서 수만 년, 아니 수십만 년 동안의 지구와 천체의 운행을 기록한 유적들을 ─ 그 기록은 오늘날 계산해도 거의 정확하다 합니다 ─ 우상이라는 이유로 모조리 파괴해 버렸답니다. 특히 그 일들을 신부나 목사들이 앞장서서 했다 합니다.

지난 10월 25일 이곳 공소에서 영세받은 지 꼭 10년 만에 '견진성사' (세례받은 신자가 받는 성사로서 주교가 직접 안수와 도유를 한다. 신앙이 성숙해졌음을 인정받는 성인식과 같은 것이다.)를 받았습니다. 저는 견진을 받으면서 속으로 이렇게 의미를 부여했습니다. 나는 이제 '그리스도인'에서 '범그리스도인'으로 거듭나는 것이라고. 저의 첫 영세가 '비그리스도인'에서 '그리스도인'으로의 전향이었다면 이번의 견진은 제게 있어 두 번째 전향이 됩니다.

아, 그리고 《신의 지문》 하편은 안 보내셔도 됩니다. 그와 비슷한 책을 몇 년 전에 읽은 적이 있거든요. 요즘은 그림 그리는 시간 외에는 동양철학 연구에 대부분의 시간을 쏟고 있습니다. 이제 중국 고대철학을 하고 있습니다.

디냐 자매님, 완연한 겨울입니다. 오늘 처음으로 영하로 내려갔습니다. 대구는 아무래도 안동보다는 덜 추워서 지낼 만합니다. 부디 몸조리 잘 하시고 두루 평안하시길 바랍니다. 하느님의 사랑과 평화가 언제나 함께하시길 빌며 이만 줄입니다.

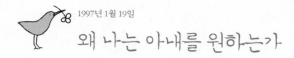

왜 나는 아내를 원하는가

'교현이다운 카드' 고맙게 받았습니다. 새집으로 이사하셨다니 축하드립니다. 하긴 이제 태화동도 변두리라 할 수가 없습니다. 특히나 그곳은 언덕배기인지라 차가 오르내리느라고 매연이 평지보다 두 배는 더 나옵니다. 잘 이사하셨습니다. 그런데 주소에 101이라는 숫자는 그대로 들고 가셨군요.

지난달에 평화신문을 보셨는지 모르겠는데, 자이레로 선교 나가신 마리루시 수녀님 기사가 몇 차례 실렸습니다. 르완다 사태로 수녀님이 계신 곳까지 불똥이 튀어서 하루하루 앞날이 어찌 될지 모르는 상황 속에 처해 있다는 소식이었습니다. 수녀님께서 무사하시길 함께 기도드려 주십시오.

얼마 전 미국의 암 권위자인 칼 사이먼튼 박사의 책을 읽다가 어쩌면 자매님의 병은 여성으로서 정체성(identity)에 대한 물음, 그리고 임마누엘의 임신으로 인한 스트레스가 주요 원인이 되지 않았을까 하는 생각이 들었습니다. 디자인을 전공하고 예술을 사랑했던 한 여성이 결혼과 동시에 가부장 구조의 한 부속품으로 전락하면서 던져야 했던 숱한 물음들이 한(恨)으로 쌓여 있지는 않았을까 하는 것이지요. 이것은 사실, 이 나라의 모든 결혼한 여성에게 해당하는 것이기도 하지만, 그것을 어떻게 받아들이고 저항하느냐에 따라 개개인이 느껴야 하는 스트레스는 천차만별이겠지요.

임마누엘의 탄생에 대해서 저는 그저 미루어 짐작할 뿐입니다. 분명한 사실은 그 아이가 태어나고 나서 얼마 안 있어 발병했다는 것입니다. 어떻게 보면 임마누엘은 자매님의 건강과 맞바꾼 귀중한 아이입니다. 이제 건강이 많이 좋아지셨다니 하는 말이지만 병으로 인하여 자매님의 세상 보는 눈도 많이 달라졌을 것으로 생각됩니다. 예전보다 더 관조적으로 되었을 테고, '아내'라는 위치에서도 훨씬 자유로워지지 않았을까 생각합니다.

다음은 주디 사이퍼스라는 미국의 여성 작가가 어느 잡지에 기고한 글이라는데, 한번 재미 삼아 읽어 보십시오.

나는 아내라고 분류되는 계층에 속한다. 나는 아내다. 그리고 당연히 엄마다. 얼마 전에 한 남자 친구가 방금 이혼한 산뜻한 모습으로 나타났다. 그는 아이가 하나 있었는데, 그 아이는 당연히 전 아내가 데리고 있다. 그는 지금 다른 아내를 구하고 있는 중이다. 어느 날 저녁 다림질을 하며 그를 생각하다가 문득 나도 아내가 있으면 좋겠다는 생각이 떠올랐다. 왜 나는 아내를 원하는가?

경제적으로 독립하기 위해, 나 자신을 부양하고 필요하면 내게 딸린 식구를 부양할 수 있도록 나는 학교로 돌아가고 싶다. 때문에 일을 해서 나를 후원해 줄 아내를 원한다. 그리고 내가 학교에 다니는 동안 아이들을 돌봐 줄 아내를 원한다. 아이들의 병원과 치과 약속을 놓치지 않을 아내를 원한다. 그리고 내 약속도 챙겨 줄 아내를 원한다. 아이들을 적절히 잘 먹이고 돌보는, 믿을 수 있는 아내를 원한다. 아이들의 옷을 깨끗이 빨고 손질하는 아내를 원한다. 아이들의 학교 문제를 잘 살피고, 아이들이 어울리는 또래와 적절한 사교 생활을 하는가도 확실히 챙기고, 공원이나 동물원 등에 데리고 가는 그런 아내를 원한다.

또 아이들이 아프거나 돌봄이 필요할 때 곁에 있어 줄 아내를 원하는데, 그 이유는 내가 학교 수업에 빠질 수 없기 때문이다. 그러나 아내는 일하는 시간에 적절히 짬을 내면서도 직장을 잃어서는 안 된다. 그러다 보면 아내 수입은 때때로 조금 깎일 수도 있겠지만 나는 아마도 관대할 수 있으리라 본다. 말할 필요도 없지만 아내는 자신이 일하는 동안 아이들을 돌볼 사람을 구하고 돈을 지불할 것이다.

나는 내 신체적 요구를 돌볼 아내를 원한다. 집을 깨끗이 할 아내를 원한다. 아이들의 뒤를 쫓아다니며 치워 줄 사람, 내 뒤를 따라다니며 치워 줄 사람, 내 옷을 세탁하고 다림질하고 손질해서 꼭 필요할 때를 위해 제자리에 놓는 아내를 원한다. 그리고 내 물건이 있어야 할 자리에 있나 잘 살펴서 내가 필요로 하는 즉시 찾아 주는 아내를 원한다.

나는 밥을 짓는 아내, 훌륭한 요리사인 아내를 원한다. 메뉴를 짜고 필요한 식품을 사들이고, 식사를 준비하고 쾌적하게 봉사해 주고, 그러고 나서 내가 공부하는 동안 설거지를 해 줄 아내를 원한다. 내가 아플 때는 돌봐 주고 내 고통과 수업 시간의 손해를 동정해 줄 아내를 원한다. 그리고 가족이 휴가를 갈 때 함께 따라가 줄 아내를 원한다. 내가 환경을 바꾸고 휴식을 취할 필요가 있을 때 나와 아이들을 보살펴 주는 아내를 원한다.

나는 아내의 의무에 대해 불평하며 구시렁대고 나를 귀찮게 하지 않을 아내를 원한다. 그러나 내가 공부하는 과정에서 부딪히는 다소 어려운 점에 대해 설명할 필요가 있다고 느낄 때 들어주는 아내를 원한다. 그리고 내가 쓴 논문을 타이핑해 줄 아내를 원한다.

나는 내 사교생활의 세세한 부분을 돌봐 주는 아내를 원한다. 내가 친구한테 부부동반 초대를 받게 되면 아이 봐 줄 사람을 구하는 일을 맡아 줄 아내를 원한다. 내가 학교에서 좋아하고 접대하고 싶은 사람을 만났을 때 집안을 깨끗이 치우고 특별한 음식을 준비해서 나와 친구들을 대접하고, 내가 친구들과 관심 있는 일에 대해 얘기를 나눌 때는 끼어들지 않는 아내를 원한다. 나는 손님이 도착하기 전에 아이들을 먹이고 재워서 우리를 귀찮게 하지 않는 아내를 원한다. 손님들이 편하게 느낄 수 있게 필요한 걸 잘 알아서 하는 아내를 원한다. 손님들에게 재떨이를 확실히 제공하고, 전채요리를 돌리고, 원하면 음식을 다시 내오고, 필요할 때 포도주 잔을 채워 주고 커피를 내오는 아내를 원한다. 그리고 가끔 내가 밤에 혼자 외출할 필요가 있다는 것을 이해하는 아내를 원한다.

나는 내 성적 욕구를 눈치껏 알아주는 아내를 원한다. 내가 원할 때는 기꺼이 열정적으로 사랑을 나누고, 내가 만족하는지 확실히 아는 아내, 그리고 내가 그럴 기분이 아닐 때는 성적 요구를 하지 않는 아내를 원한다. 피임을 완벽하게 책임지는 아내를 원하는데, 왜냐하면 나는 아이를 더 이상 원치 않기 때문이다. 내 지적 생활을 질투로 어지럽히지 않도록 성적으로 내게 성실한 아내를 원한다. 그리고 내 성적 욕구가 일부일처제를 엄격히 지키기에는 너무 클 수도 있다는 것을 이해하는 아내를 원한다.

물론 나는 가능한 모든 사람과 관계할 수 있다. 우연히 내가 이미 갖고 있는 아내보다 아내로서 더욱 적합한 사람을 만난다면 나는 지금의 아내를 바꿀 수 있는 자유를 원한다. 자연히 나는 신선한 새 삶을 기대하게 될 것인데, 내 아이들을 데려가고 완전히 책임을 져서 나를 자유롭게 둘 아내를 원한다. 내가 학업을 마치고 직장을 갖게 되면, 아내의 의무를 더욱더 충실하고 완벽하게 수행할 수 있게 일을 그만두고 집안일에 전념할 아내를 원한다.

신이시여, 누가 이런 아내를 원하지 않겠습니까!

사실 위의 내용 중 거의 모두를 우리 여성은 자신의 의무로 받아들이고 있습니다. 그렇게 해야 여성답다고 공개적으로 가르치고도 있습니다. 위의 글은 말하자면 입장 바꾸고 생각하기인데, 아마도 남녀의 사회적 구분이 원래 그렇다고 굳게 믿는 사람들에게는 말장난처럼 들릴 것입니다. 그러나 우리는 살아가면서 가끔씩은 자신이 상식적으로 '아니다' 라고 생각하였던 상대방의 입장에 서 봐야 합니다. 가끔씩만 그리해도 세상이 훨씬 넓어 보이고, 자신의 마음이 조금은 더 관대해짐을 느낄 수 있을 것입니다.

디냐 자매님, 새로 이사한 동네가 어떤 곳인지 궁금하군요. 아직 이사한 지 한 달밖에 되지 않아 미처 못 푼 짐도 있을 법합니다. 이삿짐 정리한다고 무리하지는 마십시오.

얼마 안 있으면 설날입니다. 아무쪼록 올해는 새로운 희망으로 도약하는 한 해가 되시길 바랍니다. 온 집안에 새해의 서광이 두루 비치길 바랍니다.

주께 영광, 그리고 우리 모두에게 평화!